汪诘科幻小说选集

精卫9号

汪诘·著

北京时代华文书局

图书在版编目（ＣＩＰ）数据

精卫9号 / 汪诘著. -- 北京 : 北京时代华文书局,2019.12
ISBN 978-7-5699-3243-0

Ⅰ.①精… Ⅱ.①汪… Ⅲ.①科学幻想小说－小说集－中国－当代 Ⅳ.①I247

中国版本图书馆CIP数据核字(2019)第234579号

精 卫 9 号
Jing Wei Jiu Hao

著　　者｜汪　诘

出 版 人｜陈　涛
选题策划｜高　磊
责任编辑｜赵　岩　高　磊
装帧设计｜孙丽莉
责任印制｜刘　银　范玉洁

出版发行｜北京时代华文书局 http://www.bjsdsj.com.cn
　　　　　北京市东城区安定门外大街138号皇城国际大厦A座8楼
　　　　　邮编：100011 电话：010-64267955 64267677
印　　刷｜固安县京平诚乾印刷有限公司　　　电话：0316-6170166
　　　　　（如发现印装质量问题，请与印刷厂联系调换）
开　　本｜889mm×1194mm　1/16　　印 张｜13.5　字 数｜148千字
版　　次｜2019年12月第1版　　　　　 印 次｜2019年12月第1次印刷
书　　号｜ISBN 978-7-5699-3243-0
定　　价｜58.00元

序

　　科幻这种文学类型从 1818 年诞生到现在，已经 200 多年了，传入中国也有 100 多年的历史了。在这 200 多年中，科幻这一领域经历了起起伏伏的发展，在美国，科幻小说黄金时代的光芒已经渐渐褪去，但科幻电影的光芒日渐明亮。2018 年全球总票房榜上，最卖座的前 10 部影片超过一半是科幻电影。而在中国，似乎又迎来了科幻的第三次热潮——《三体》的热销、《流浪地球》的热映就是最好的证据。

　　科幻是文学中一种比较特殊的类型，因为在所有的文学类型中，恐怕只有科幻文学可以脱离"一切文学都是人学"的金科玉律。在主流文学中，所有的故事讲到最后都是为了描写人性，没有哪种门类的小说可以不以人为主角，哪怕是以动物或者鬼怪为主角的幻想小说，归根到底，神鬼也不过就是人的化身而已。但是科幻小说不同，它的主角可以不是人，而是宇宙或者自然规律本身。这其中最典型的莫过于阿瑟·克拉克的小说，例如《2001 太空漫游》，在这部小说中，人只是一个符号化的存在，真正的主角是神秘莫测的黑石板和未知的宇宙空间。在阿瑟·克拉克的另一部小说《与拉玛相会》中，则把科幻小说的这种非人性推向了另一个高度。这篇小说描写的是一艘外星无人飞船掠过太阳系，人类对它进行短暂接触考察的过程。这篇小说完全是在描写宇宙和物理规律，阿瑟·克拉克运用宇宙普适的物理规律为我们创造了一个完全不同的世界。科幻与魔幻小说的区别在于，这种完全不同的世界是有可能真实存在的，因此它会给我们这种理性人带来深度的阅读享受。《与拉玛相会》比《2001 太空漫游》又推进了一步，在《2001 太空漫游》中，至少人还是推动故事情节进展不可或缺的，但是在《与拉玛相会》中，如果把人换成无人探测器，整个故事也基本无损。

另外，科幻文学也是一个多姿多彩、各种流派数不数胜的文学门类。每一个科幻小说作者都会有自己偏爱的某种风格，而我偏爱的则是科幻原教旨主义，也有人把这种风格称为"核心科幻"，最通俗的说法是"硬核科幻"。这种风格具体来说，有以下这些特点：

1. 小说的整个世界设定、情节推进、关键技术不能明显违反已知的物理定律。更重要的是，这个未来设定对于故事来说是必要的，而不仅仅是为了套上一个科幻噱头，把一个明显也可以发生在过去和现在的故事放到未来。

2. 逻辑要自洽。这个故事的确是未来的一种可能性，而不是一看就知道这仅仅只是一种天马行空的幻想。谁都知道这个故事不可能发生，这是科幻和魔幻的一个基本区别。这也是为什么漫威的超级英雄系列在我们看来其实是高科技魔幻电影，与哈利波特、指环王没有什么本质区别。

3. 小说中一定要有未来科技方面的细节。一部科幻小说好不好，在我看来，细节占了五成。有些所谓的科幻小说，实际上只是加上一个时空穿越的情节，所有的道具、场景都跟现代无异；比如有些科幻电影，会弄一个真人来扮演一个机器人，表示未来科技很强大，但是所有与之配套的电子产品还是我们现在使用的样子。这样的科幻作品我就很难把它们看作是一部真正的科幻，只是披上点科幻外衣的剧情片罢了。

4. 写得好的科幻小说和其他好小说一样，也必须有曲折的情节。它得是一个吸引人的故事，能让我津津有味地看完，心情随着故事的推进起伏，否则就很难分清是小说还是杂文。

5. 最后一点，这部小说要让我看懂创作者"到底想表达什么"。如果一部小说从头到尾就是一个很惊险的故事，仅仅是为了满足我对感官方面的刺激需要，那我一般不会给它高分。看完一部小说，最好是能让我有所思考，触动到我心里的某些想法。

你们也可以把以上五点看成是我写作科幻小说的纲领。当然，这世界上大多数事情都是知易行难，有了纲领并不代表我一定能做到、做好。假如把以上这五点的每一点的总分都设为 20 分的话，各位读者不妨给我的每一篇小说打个分，看看能得几分。假如超过 60 分，我就很感谢你们对我的肯定了，我也一定会努力创作出更高分的小说来回馈大家的肯定。

此外，我另一本科幻评论作品《迷途的苍穹 —— 科幻世界漫游指南》也已经由北京时代华文书局正式出版发行 —— 一本书带你全面了解科幻如何从古典时代走向黄金时代，再走向新浪潮的全过程，回顾这些时代中最经典的科幻作品。

汪诘

2019.10

目　录

精卫 9 号

1

2070年，土卫二，又称恩科拉多斯星

在这颗距地球最近距离超过8.5天文单位的土星卫星上，沉默的岩石与固体冰是地表仅有的"原住民"，直到人类的足迹踏上这颗白色星球，将文明与科技的产物留在莽荒的冰原上。各国的考察队在纵横的裂谷与山脊间筑起零星分布的基地，过去的半个多世纪中，土卫二一直是人类最有望发现外星生命的地方。

锡兰平原考察点，来自中国的考察队队员们正在进行一次例行的科考任务。工程师张岳峰紧盯着深层钻孔设备的屏幕，上面一个数字持续刷新着，那是钻头的实时钻探深度。与其说是钻头，倒不如把它当做一支超级激光笔。钻头的直径比一支普通的圆珠笔粗不了多少，而笔头发出的高功率激光能够融化坚实的冰层。激光钻头一边融化坚冰，一边向前挺进，平均每天能前进100米左右。这是中国考察队开启钻探的第50天，如果不出意外，钻透冰层就应该在今天了。

张岳峰有些激动地看着液晶屏上的数字跳动到5010m。突然，屏幕上出现一行绿色大字：已突破冰层，进入液态区。张岳峰忍不住握紧拳头，低低地哼了一声"耶！"

激光钻头钻透冰层后没有停下来，而是继续向水中深入，

它的目标是要汲取水面下 100 米的水样。钻头顺利地抵达预定深度后，它上面一个小小的阀门开启，水压把深海中的水样从中空的金属钻头中推上来。

站在一旁的吴孟元激动地看着液晶屏上水样上升的进度条，欢快地说："叶朵儿小姐姐，您有一份快递十分钟后送达，请注意查收。"

远处的生物学家叶朵儿蹦跳着赶来。

当叶朵儿赶到钻机旁，取水样的进度条刚好走到头，她打开钻机上的一个玻璃盖，从里面取出一根装满水样的试管。这根小小的试管，就是整个考察队此行最重要的目标。

叶朵儿用略微颤抖的手拿着试管，很是激动，就像不远万里终于取到宝藏的寻宝队员，不免欣喜地叫了起来："曲队长，成功取得第一管恩科拉多斯的深海水样。"这颗星球虽然时不时地会有巨大的间歇泉把冰下的海水带到地表，但那只是冰下海洋浅层的水样。这次，中国考察队终于成功地取到了深海水样。

话音刚落，地质学家徐盛手中的探测屏上，地震波传感器的数据曲线急剧波动起来。他跪倒在地，趴到冰面上，顿时脸色一变，拉过对讲机惊呼道："曲队长！有强烈的地质活动！得赶紧撤离！"

谁也没料到，平静了 2 个月的锡兰平原突然像是一头被钻头惊醒的野兽，开始猛烈地晃动起来，运输车也开始剧烈地震动。

每个人的头盔中都传来了队长曲琼的指令："全体成员紧急撤……"

话音未落，一个巨大的汽柱破开冰层从一辆运输车底部喷射出来，运输车被喷上了天。工程师冯鑫第一反应是去拉动安全绳回收装置的扳手，但手还没碰到，接连又有两个汽柱喷发。徐盛被吹得高高地飞了起来，他身上的安全绳连着其他队员，把他们也都依次带向空中，考察队员们像一串糖葫芦一样向高空摆去。

剧烈的空中颠簸使试管从叶朵儿的手中滑了出去。情急之中，距离最近的宇航员吴孟元冒着喷流向试管飞落的方向奋力探去，在空中一把抓住了试管。

此时，离地最近的是冯鑫和曲琼。曲琼猛地推了一把冯鑫，自己在反作用力下快速向反方向飞离，而冯鑫则借力向前够到了安全绳回收装置。他按下开关，所有人飞升的趋势才被止住。

随着安全绳被收紧，大家一个个缓缓下落，因为土卫二的重力只有地球的1%，所以他们的下落速度很慢。待所有人都安全回到地面，他们才有暇顾及留在冰层上的设备。

"机器！"张岳峰惊喊道。

冰层开裂，钻孔机陷落进了冰层之下。他扑上去想抢救，但钻孔机下陷得太快，瞬间就不见了踪影。另一边，考察队留在冰面上的其他设备也纷纷滑入幽深的裂缝。

这时，裂缝蔓延到吴孟元脚下，他一个不稳直坠了下去。惊呼声中，所有人都被连接的安全绳拉倒，向吴孟元下坠的方向滑去。曲琼用冰锥一下扎进冰面中，死死抓住，所有人下滑的趋势才停了下来。

大家攀着安全绳回到地面，吴孟元最后一个被拉了上来。放眼望去，考察点一片狼藉，冰层上的裂缝停止了扩张，似乎一切都回到了这片白色大陆初始的平静。

吴孟元仰躺在地上，喘着粗气，他朝曲琼扬了扬手中攥着的试管。

曲琼靠着运输车，向他竖起了大拇指。

但没人发现，吴孟元手中紧握的试管口有些破碎，他的手套上也出现了一块小小的血污。

30分钟后，发鸠山考察站。

"干杯！"

考察队员们举着自己的饮料袋。中间的餐桌上放着各种袋装食品，上面还有每个人的名字标签。

"致敬历史性的突破！"曲琼先喝了一口。

张岳峰苦笑着说："差点把鬼门关也突破了！"

"我们应该是土卫二上最先取到深海样品的考察队。不过由于钻机被毁，这也成了我们唯一的一份样品。"曲琼说，"原本计划中的样本采集已经不能继续下去了。"

吴孟元提着自己的饮料袋，似乎没什么胃口。张岳峰见状，拍拍他的肩头，说："太空红酒！你的第一次！一定要尽情享受！"

但他不为所动，他指指自己饭碗里的米饭和红烧肉，说："可能是我的味蕾被刚才的鬼门关吓着了吧，我现在连这个都吃着没味道。"

张岳峰不肯认输，他拿出一包自己珍藏的四川辣酱倒在吴孟元碗里，说："地球第一美——味！包你欲仙欲死撒！"

吴孟元尝了一口，辣得推开了自己的饭盆，到处找水喝，大家笑了起来。

徐盛走过去，拿起吴孟元的饭盆，大口大口吃了起来。

张岳峰急忙想去抢回来，但是已经晚了，只得笑道："快还给我。

龟儿子不愧是成天在野外考察的地质学专家，不做作，不浪费，不讲卫生。"

大家跟着哄笑起来。

徐盛一本正经地说："保护全宇宙的环境，从我做起。"随即躲到了曲琼身后，迅速地吃着盘里的辣酱，然后呷吧着被辣麻的嘴，交出了空盘子。"妈的！真是辣得过瘾……（突然打了个喷嚏）阿嚏！"

张岳峰哭笑不得地竖起了拇指："没见过吃辣这么不要脸的！服！"

冯鑫正捧着自己的冰激凌，边吃边说："在太空基地，唯一的安慰就是美食，谁还在乎脸啊。"

张岳峰转头盯着冯鑫手里的冰激凌："那你的独家定制——冰激凌，也能不能分我点儿！"

冯鑫立刻摇头转身。

嬉笑声中，一身实验服的叶朵儿突然冲了进来，兴奋地大声说："曲队长！样品中有活的大分子结构！"

曲琼本能地惊叫："天啊！"

冯鑫："你说的是——外星生命？！！"

叶朵儿用力地点点头。

安静了大约三秒后，所有人似乎都立即反应了过来，同时欢呼起来，互相击掌。

张岳峰开心地叫道："要得！要得！真是飞机上拉稀——谢（泄）天谢（泄）地。没白受这趟苦。"

曲琼拉着叶朵儿，说："我要核查下样本数据……"

就在此时，吴孟元眼睛一翻，砰的一声，重重地倒在了地上。

众人连忙抢上去扶起吴孟元，查看他的脸色。吴孟元喘着气说："没事儿，可能是前面累的，现在又过于兴奋，你们不用管我。"

曲琼说："冯鑫，你带孟元去医疗舱全面检查一下。我去看样本。"

曲琼跟着叶朵儿来到实验室。

电子显微镜的屏幕上，一条类似病毒的 DNA 长链在蠕动。曲琼看着屏幕，一脸的惊喜与兴奋。毫无疑问，这是活的生命。在这场数十年来的土卫二探险大竞赛中，人类对这颗白色星球有过无数的猜想与期待，而中国探险队的努力最先有了回报，这个发现很有可能改写全球未来太空竞赛的格局，彻底刷新人类对宇宙的认知。

就在此时，冯鑫突然沉着脸走了进来。

"队长，有一个坏消息。"他说，"小吴的体征有发热现象，整个人萎靡虚弱，虽然目前情况不严重，但他病情不明，也查不出病因。我怀疑，他被外星微生物感染了。"

冯鑫拿出吴孟元的手套，向她示出上面的一小块血污。

"这不可能，外星病毒怎么可能感染人类。这就跟外星人写的代码能在你的电脑中运行一样可笑。"曲琼不敢相信。

"队长，别忘了宇宙胚种假说，"叶朵儿提醒说，"太阳系的生命很可能都是同源的。"

众人望向桌上那根试管，它致命的诱惑力驱动着人类在靠近它的同时，也要面对它难以预估的伤害。

"立即联系北京！"曲琼的直觉告诉她，情况可能比想象的更糟糕。

2

北京国家航天局训练基地

一个看上去只有七八岁的小女孩戴着一个玩具宇航员头盔，开心地看着一位满头大汗的学员。这位学员正在练习手动操控飞船着陆火星，看上去很是狼狈。小女孩的身边站着一位年轻帅气的教官，体格健壮，一看就知道受过良好的身体训练。他叫曲亚飞，是土卫二考察队长曲琼的弟弟，小女孩小名兰兰，正是曲琼的女儿。

兰兰看着失控的飞船坠毁在火星表面，咯咯地笑道："反推引擎启动晚了，你摔死啦！"

曲亚飞在 Pad 上打了个红叉，严厉地说："晚了 3.6 秒！记住，能够精确地心算时间，在关键时刻，可能救你们的小命。"

曲亚飞转头看了一眼兰兰，微笑着说："你们这些千里挑一的飞行员总该比我的徒弟强一点儿吧？"

兰兰开心地比了个剪刀手，恰好看到手表上有一个留言。兰兰冲着曲亚飞吐了吐舌头，眨了眨眼睛，说："舅儿，你死定了，麦琪阿姨的生日派对你要迟到了……"

曲亚飞一惊，立即放下手头的东西，慌忙说："啊呀，你怎么不早说。"

等到曲亚飞带着兰兰赶到麦琪的生日派对，迎接他们的是麦琪一张生气的脸。兰兰机智地扑到麦琪的怀中，兴奋地说："Happy Birthday，Maggie。"

曲亚飞手里拿着一个礼物盒，尴尬地朝麦琪挥挥手，说："生日快乐。"

麦琪故作惊讶地说："哎哟，欢迎帅哥宇航员降落在我的星球！我可是盼了有一百光年呢！"

兰兰抬头看着麦琪，认真地解释："光年是距离单位，不是时间单位。"

曲亚飞递上礼物，顺着麦琪的话说："我从火星来，路途遥远，还请小姐海涵。"

麦琪打开礼物盒，里面是一颗赭红色的石头。

麦琪表情夸张地叫道："天啊！真不敢相信！"她把玩着石头，突然转为嫌弃的语气说："我又猜对了！火星可能也产渣男，三年，我收到了五块，生日、情人节、圣诞节……八星八贱，指日可待……"

哪知道，兰兰这次附和道："唉，我怀疑，宇宙中所有雄性生命本质都一样。我已经收到七盆太空兰花了，就因为我叫兰兰……"

曲亚飞再次尴尬地说："好像可以吹蜡烛了！"

麦琪转身去朋友那里。曲亚飞惩罚地拍了下兰兰的头，轻声呵斥："小鬼头，敢出卖你舅儿！"

兰兰逃开，作出一副鄙视的表情："最讨厌送礼物不走心的男生！"

曲亚飞忍不住感叹："我宁愿去研究土星复杂的卫星系统，也不愿研究女人的心思。"

麦琪似乎听到了这句话，在不远处瞪着曲亚飞，吓得曲亚飞吐了吐舌头，赶紧到处找活干。

3

土卫二发鸠山考察站

吴孟元虚弱地躺在床上，手上插着输液管。在旁边的一张床上，同样手插输液管的徐盛，情况似乎比吴孟元更糟。

此时，穿着隔离服的曲琼、冯鑫、叶朵儿走了进来。

冯鑫："我调取了徐盛的所有活动记录视频，目前看来，最有可能的原因是食入性传染，徐盛摄入了孟元吃剩下的食物，他也被感染了。"

曲琼："所有人都必须采血体检，立刻进行全基地无死角的消毒。朵儿，有没有治疗方案？"

叶朵儿同时还兼任考察队的医生。

叶朵儿："曲队，目前我只能把传染源当作是地球上的病毒来对待。一方面用靶向药物尝试攻击病毒；另一方面，我尽可能激活他们的免疫机能，看看能不能通过免疫系统杀死病毒。不过，我们的医疗设备和药物都很有限，我实在没有任何把握。并且，两个人看上去对不明病毒的反应有很大的差异，徐盛的症状明显发展得更迅速。孟元的自体免疫系统似乎能部分遏制病情的发展。我已经把这里的情况以及土卫二微生物的分析数据都发往北京指挥部了。目前我们和地球的单程通讯时延是 76 分 32 秒。"

曲琼："我已经请求北京尽快派出救援飞船，我们需要更好的医疗设备和药物。"

4

凌晨 1 点，北京飞控中心会议室

土卫二突发情况分析会已经持续了四个多小时。

土卫二任务地球总指挥是王震大队长，一名经验丰富的老航天员。此时，他的双眼已经死死地盯着桌面液晶屏快一个小时没有挪开过了。

从土卫二传回来的消息不断更新着，事态恶化得非常快。从吴孟元被发现感染到现在，还不到 24 小时，就已经有两名宇航员被感染，其中徐盛疑有生命危险。

王震用拳头捶了一下桌面，似乎下定决心说："启动红

色预案，派精卫9号搭载最新的医疗舱飞往土卫二，展开救援。杨科长，现在离最近的发射窗口期还有多长时间？"

杨科长在桌上点了几下，调出一个窗口，说："36小时左右，精确时间取决于飞船的起飞质量。"

"好，现在就把基地最好的工程师和宇航员叫到精卫9号的船坞开现场会议，讨论减重方案。我们一起去。"王震说完，立即起身走了出去。一群人跟着王震，赶往精卫9号船坞。

精卫9号是中国研制的最新型多用途宇宙飞船，动力系统是微托卡马克7型核聚变引擎，满载巡航速度可以达到70千米/秒，最大起飞质量1300吨，额定载人数6名。

在精卫9号的船坞中，此时已经聚集了中国航天几乎所有的一线精英。

宇航员杨扬正在说话："就算精卫9号是我们最先进的运输飞船，就算把起飞质量降到最低，它飞到土卫二恐怕也不会少于六个月吧。"

王震："要想尽一切办法将精卫9号上不必要的设备和配件都给拆下来。质量越小，飞行时间就越短，考察队员生还的希望就越大。"

杨扬："王队，我们需要减重到多少？"

王震："越少越好！我们必须抢时间，抢时间就是在抢命！你们一直都说自己是最好的工程师、宇航员，现在，请尽可能发挥你们的想象力，把飞船上一切能拆下来的东西都拆下来。"

所有人都开始忙碌了起来。一件件装备和物品从飞船上被搬了出来，每搬出一件东西都会在一个电子秤上称量一下，记录员记录下减去的质量。

王震布满血丝的眼睛盯着一件件从精卫 9 号上送出来的物品。在他的眼里，飞船每减少一克的质量，就能多看到一分考察队员生还的希望。

突然，王震看到曲亚飞走了过来。虽然这个消息是保密的，但是王震并不意外，因为这么重大的事情想要瞒住曲亚飞是不太可能的。

曲亚飞一边走一边冲王震叫道："师傅，发生这么大的事情，你怎么能不叫我！土卫二上的可是我姐。"

王震："你这不已经知道了嘛。来了也好，你再上去看看，还有什么能拆下来的？"

曲亚飞登上了精卫 9 号的驾驶舱。本次任务的航天员杨扬正在和许多工程师一起忙碌着，看到曲亚飞进来，稍微皱了下眉，说："你这培训院教官怎么亲自来了？！"

曲亚飞一言不发，在已经被拆得很干净的驾驶舱中巡逻。他突然竖起拇指，说："很好，新型马桶是很好，但不是必需，拆！"说完继续走。他指指个人清洁装置，咧嘴一笑："一个人臭点儿也无所谓，拆！"他一把拉掉卫生间的隔帘，说："一个人驾驶，就不要啦！没隐私！"

李工程师没动，只请示地看看杨扬。杨扬点点头，李工程师一招手，又有几个工程师一起来帮忙拆。

曲亚飞打开储物柜，把剃须刀、梳子、内衣裤等各种生活护理用品全部扔出来，边扔边说："就算外表变成野人，内心还是智人。"

测重仪器上，一个个被拆掉的装置和物品在称重。

曲亚飞从驾驶舱走到货物运输舱，又走到休息室，前前后后都走了一遍，又回到驾驶舱，环顾一圈，突然愣愣地看着驾驶舱的驾驶台，然后指了指说："把这下面辅助自动降落的所有传感器以及机械装置都拆了！"

李工程师愣住了，没敢动。

杨扬大声吼道："疯啦！拆掉这些，怎么降落到土卫二？！"

曲亚飞笑着拍拍杨扬的肩头："这么紧张干嘛！完全可以手动操控降落啊！"

杨扬推开曲亚飞的手，严肃地说："你是驾驶员还是我是驾驶员？"

曲亚飞挑衅地看着杨扬："手动操控没把握？那就让我来驾驶呀！"

杨扬怒道："曲亚飞！这不是电脑游戏，这关系人命，不仅是我的命！还有土卫二上6条人命！"

曲亚飞也厉声说道："拆了，才能加大救援机率！我曾经手动操控精卫9号成功降落过两次，一次在火星，一次在月球。"他转身对着所有人说："这也算是个小纪录了吧？"

杨扬反驳说："土卫二的地形比月球和火星都要复杂得多，我们都没有去过！"

正在争执当中，突然传来了王震的声音："拆吧！"

所有人吃惊地回头，他们看到王震先走了进来。

王震一脸严肃，对大家说："经研究决定，这次的飞行任务改由曲亚飞执行。你们得承认，亚飞的技术是最好的。"说完，王震转头看着一脸错愕的曲亚飞，问道："飞了两年的模拟舱，不会都忘光了吧？"

曲亚飞摸摸脑袋，咧嘴一笑："哪能啊，师傅。模拟舱遇到的挑战只多不少。"

王震："亚飞，土卫二那边的情况比想象得更糟糕，徐盛已经牺牲了，而且……你姐也被感染了。有些险我们不得不冒，我们只能把宝押在你的身上了。"

曲亚飞突然收起了笑脸，非常认真严肃地敬了个军礼，说："请师傅和领导们放心，我保证完成任务！"

一边的杨扬愣在那里，似乎想要继续争辩。王震摆摆手，示意他别说了，这是最终决定。

曲亚飞亲自带着几个工程师把驾驶舱下面的所有传感器和自动降落装置都拆除了。看上去，所有能拆的都已经拆完了，但曲亚飞仍然不甘心，他又冲进了精卫9号舱内，一个一个部件仔细地摸过去。当摸到驾驶座的时候，他突然想起来了，对着大家说："还有能拆的，虽然麻烦一点儿。"

众人面面相觑，等着曲亚飞说出答案。

曲亚飞说："驾驶座下面还有一个弹射逃生装置对不对？里面装有伞包和一个反推引擎，供宇航员在飞船坠毁前自救。把这个拆了。"

王震犹豫了一下，说："伞包拆掉没问题，土卫二没有大气。但反推引擎……"

曲亚飞打断王震的话，说："如果飞船保不住，我这条命留着也没用了。师傅，请相信我。"

王震踌躇了一下，跺了跺脚，说："那就拆掉吧。"

5

凌晨5点，曲亚飞和兰兰的家

兰兰翻了个身，习惯性地用手去摸舅舅的肚子，哪知道摸了个空。

兰兰醒了过来："舅儿？"

床上没有人。

兰兰叫了一声："小爱小爱。"

智能音箱回应："什么事？主人。"

兰兰说："帮我接通曲亚飞。"

智能音箱："无法接通。"

兰兰："曲亚飞在哪里？"

智能音箱："定位失败。"

兰兰："读取曲亚飞的收藏消息。"

智能音箱："声纹识别失败，请说出访问密码。"

兰兰有些无奈地说："宇宙无敌精灵小鬼兰兰。"

智能音箱："密码正确，您是否要收听最新一条消息？"

兰兰："是。"

令兰兰没有想到的是，音箱里传出了妈妈的声音："亚飞，告诉你一个好消息，我们在深海水样中发现了活的生命。"

音箱继续播放第二条消息：

"亚飞，在这边遇到了一点麻烦，有人被外星病毒感染了。我没时间给你多解释。我现在怀疑所有人都有被感染的可能性。"

第三条消息：

"亚飞，情况比想象得还要糟，我可能也被感染了。我已经做好了最坏的打算，只是唯一放心不下的就是兰兰，如果我有什么不测，你就是她唯一的亲人了。"

兰兰忽闪着眼睛，已经完全清醒了过来。她已经猜到舅舅去了哪里。她一溜烟地爬了起来，穿好衣服，正要开门走出去。忽然又想起了什么，她拿出纸笔，写了个字条放在桌上，然后才急匆匆地出门。

精卫9号的船坞离兰兰的住处不远，步行半小时就能到。

兰兰走进船坞基地大门，摄像头自动读取兰兰的头像，正在打瞌睡的保安直接按了个允许。

走到第二道大门前，保安给兰兰做了个怎么这么早就来的手势。兰兰做了个鬼脸，保安开了门。

第三道大门，胖保安探出头伸出手拦住了兰兰，兰兰吃了一吓。

胖保安说："你以后不能再把作业给我们家小胖抄啦！这是害他！"

兰兰点头说："好的。那以后我代他写！"

胖保安一怔，才回过神："那也不行！"

兰兰已经进门跑远了。

兰兰来到第四道大门前，凶保安拦住了她。

凶保安："不能进！"

兰兰楚楚可怜地说："叔！我舅儿要出任务了，我要和他告个别，抱一下就走。"

凶保安摇头说："不行！"

兰兰被一吓，眼睛里充满了泪水，可怜兮兮地看着凶保安。

凶保安突然蹲下，凑过脸，指指自己脸上。兰兰笑了，凑上前亲了一口。

凶保安打开了门，说："只能给你 10 分钟，抱完马上出来。"

兰兰一边跑一边喊道："我保证！"

在精卫 9 号的船坞中，兰兰见到了无数忙碌的人，他们大都认识兰兰，但已经没有人像往常一样顾得上跟兰兰逗笑了。此时，他突然看到一个人抱着一个大伞包下来了，他把伞包往地上一放，马上又转身登船。过了一会儿，几个人抬着一个挺大的设备出来，往地上一放，急忙又走了。兰兰猜出了这是驾驶座下面的紧急弹射装置。

就在这个时候，广播中传出声音："发射 30 分钟倒计时，请无关人员尽快撤离。"

一个念头突然在兰兰的脑子中一闪，她没有多想，一猫腰，钻进了弹射装置原本存放伞包的空间，她努力蜷缩着身子，使自己完全藏在了那个极为狭小的空间中。过了一小会儿，她听到很多的脚步声从旁边经过。然后，她听到有几个人在边上停了下来，兰兰紧张得拼命屏住呼吸。

杨扬的声音传了过来："曲大胆，我在地球等你回来，咱们在模拟舱中正式比一次，我不服。"

曲亚飞："就这么说定了，等我回来。"

广播：发射 25 分钟倒计时。

突然，一阵急速的脚步声从远及近。

一个雄厚的声音传来："自动弹射装置谁拆的？！谁拆的？！"

曲亚飞："吴书记，你怎么来了？我请示王队后拆除的。"

吴书记："曲亚飞，知道这意味着什么吗？"

曲亚飞："意味着能在90天就飞到土卫二！早一天到，就早一天有希望营救每一条命！"

吴书记："那你呢？！你自己的命呢？！"

曲亚飞："我的天职是营救别人的命，我愿意为此赌一把。"

王震："曲亚飞！不行！我命令你，把这个装回去。对我来说，土卫二上的五条性命是很重要，可是你的性命也同等重要！手动操控降落的风险极大，万一有闪失，这个能救你的命。不要跟我争了，我命令你们，马上把这个装回去。"

兰兰默默地做了个幸运的V字手势，她赌赢了。

这时，有一个人喊道："那边的，把电子秤再搬回来一下。"

杨扬："没时间了！不用过秤了，刚刚称过，直接装回去吧！赶紧修正发射时间和燃料装载量。"

曲亚飞突然大声说："不用修正了，把我的食物再减掉同等质量。"

王震："亚飞，你疯了。已经降低到标准配给的一半了。你不想活了？"

曲亚飞："紧急救援任务，就是最极端情况，死亡训练里有类似的情境训练。没时间了，为了土卫二上的生命，请同意我的请求！"

一阵沉默之后。

王震说道："就这么办吧。"

6

在巨大的副火箭的推动下，精卫 9 号腾空而起。在冲破大气层后，副火箭分离，精卫 9 号的核聚变引擎冒出蓝色火焰，使飞船的速度不断提升着，飞向土星。

十几分钟后，核聚变引擎关闭，飞船进入巡航阶段。大约 40 天后，它恰好能经过木星，利用木星的引力弹弓效应再加速一次。曲亚飞紧绷的神经也可以稍稍松弛一下了。他打开了通讯器，例行报告：

"北京，北京。这里是精卫 9 号。聚变引擎顺利关闭，航速 92。报告完毕。"

"北京收到。精卫 9 号，请检查飞船推进时间，地面计算机显示，加速时间比预计时间增加了 61 秒。完毕。"

"北京，精卫 9 号航行日志显示，加速时间确实比预计用时多了 61 秒。正在全面复查。报告完毕。"

"收到。"

"北京。复查结果无误。飞船加速时间超过预期，请求飞控中心指示。完毕。"

曲亚飞暗自心惊，因为他心里很清楚，加速时间超过预期 61 秒意味着什么。地面上的工程师怎么能犯这么低级的错误呢？

突然，通讯器中传来了王震严厉的声音："亚飞，你是不是私带了什么物品上飞船？开什么国际玩笑！你以为还是飞歼四零呢？飞船的起飞质量超出了 20.5 千克。完毕。"

曲亚飞："王队，这确实是开国际玩笑了。我可不会拿自己的生命开玩笑。完毕。"

王震厉声说道："精卫 9 号，请立即检查全船，找出那多出来的 20.5 千克。完毕。"

曲亚飞："收到。"

曲亚飞在失重状态下，敏捷地在飞船的各个舱室中穿梭，什么异常也没有发现。他仔细回想着在地面上拆装飞船装备的每一个细节。突然，他想起来了，只有一种可能性。

曲亚飞迅速来到驾驶座的地方，打开一个盖子。

顿时，一滩血污和呕吐物漂了出来。只见兰兰双目紧闭躺在中间，鼻子和嘴角都有血。

曲亚飞惊呆了，大叫一声："兰兰！"他立即抱起兰兰，飘向货舱，将医疗仪打开，把兰兰放进去。医疗仪启动，给兰兰做着全身扫描。医疗仪的各种自动治疗设备启动，药物开始进入兰兰的血液中。

过了良久，兰兰缓缓地睁开了眼睛。她第一眼就看到了舅舅关切的目光。兰兰轻呼了一声："舅儿！"

曲亚飞叹了一口气，慈爱地说："兰兰，你怎么跑上来了？"

兰兰："我要去找妈妈，我听到她给你的留言了，我怕再也见不到妈妈了。"

曲亚飞略带着一点哭腔说："兰兰啊，有些事情你不懂啊，你可是闯大祸了。（喃喃自语）希望有办法，一定会有办法的，我得立即联络北京。"

曲亚飞打开通讯器，向基地呼叫："北京，北京，这里是精卫9号。收到请回答。"

王震："北京收到。"

曲亚飞："飞船上的额外质量已经找到，是……是兰兰。完毕。"

王震惊呼："你说什么！兰兰在飞船上！"

曲亚飞的通讯器中传来了水杯碰翻、落地、摔碎的声音。

曲亚飞："是的，王队，请您一定要想想办法。我求求您了。完毕。"

王震："我立即召开紧急会议，请示上级领导，请等待指示，保持冷静。完毕。"

7

北京飞控中心会议室

会议室坐满了各个口子的负责人。砰的一声，王震把茶杯拍在了会议桌上。

王震："怎么能发生这样的事！你们保安科是吃素的吗？！"

保安科科长低着头说："我已经让有关人员停职写检查了。"

王震怒骂道："停职检查?! 我想枪毙他们!"

吴书记冷静地说："好啦,王队,现在发脾气也于事无补。"

王震怒气未消："吴书记,你可能还没明白过来,本来是想救五条命,现在可能又白赔上两条命!"

吴书记："真有这么严重?"

大家都沉默了。

吴书记："李工!你说说看法。"

"唉,别小看这 20.5kg,的确有更大的可能导致悲剧。"李工程师说着点亮了会议桌上的显示屏。

精卫 9 号的立体影像呈现在会议桌上。

李工:"首先,我们这次的紧急救援任务,本身就是一个极限任务。为了能尽快抵达土卫二,我们已经把精卫 9 号所有能拆的东西都拆掉了,曲亚飞带的口粮也不到标准配给的一半。正因为这样,精卫 9 号的平均巡航速度才能达到 170 千米 / 秒这一人类历史上最快的载人飞船速度。但是,我们现在面临的问题是减速的问题,在太空中,加速需要燃料,减速也同样需要燃料。精卫 9 号加注的核聚变燃料虽然略有冗余以备不时之需,可是这次额外所需的质量实在太多了。根据我们的计算,以目前的燃料在土卫二实现成功软着陆的可能性低于1%。再加上曲亚飞又必须手动操控着陆,成功的可能性就更低,几乎可以忽略不计。"

吴书记的脸也随着李工的讲述,慢慢阴沉了下来。王震掏出一支烟,然后又忍住了,在手中将它揉碎。

吴书记："之前专家团队不是在研究营救的二号方案吗？派神州17号去接所有土卫二上的人员。"

王震："神州17号的发射窗口期在40天之后，赶到土卫二要180天。且不说发鸠山考察队的生死，就是精卫9号上两个人都没有被救的希望。但现在我们面临的不仅仅是土卫二的问题，精卫9号没有携带返航的燃料，如果不能在土卫二着陆，它将永远飘荡在太空里了。"

大家又是一阵沉默。

基地法务司长突然说："这次兰兰偷渡事件，也不是第一次发生了。"

桌面显示屏上出现了一些新闻图片。

法务司长："2063年发生了航天史上著名的杨振宁号悲剧：一名偷渡者成功登上了飞往火星的杨振宁号补给船，在飞行途中被船员发现，船长不忍将其抛出舱外，最终导致飞船减速燃料不足，降落速度过快，坠毁在火星表面，9名船员连同偷渡者全部遇难。火星考察站也因为缺乏药品的补给，2名队员染病身亡。顺便说一句，杨振宁号的船长正是兰兰的父亲。"

屏幕上出现了《中华人民共和国航天法》。

法务司长："所以五年前，我们的《航天法》才有了修正案第21条：船长在履行宇航中安全保卫职责时，行使下列权力：对发现的偷渡者，应根据本法第7条进行安全评估并有权当场决定将偷渡者立刻遗弃至太空。这条修正案是2065年底通过的，又被称为'杨振宁条款'。"

一位女工程师突然激动地说："陈司长，你在想什么呢？遗弃太空，这种话你也说得出口！兰兰只是一个7岁的天真烂漫的少女。她只是因为思念妈妈，偷偷溜进了飞船，她还是个花季少女啊，一个成年人或许能为自己的错误违法行为负全责，未成年人并不能。"

陈司长本想争辩说自己不是这个意思，但他忍住了，只是低头不语。会议室里更沉默了。吴书记："同志们，我们是宇航事业人，今天就先不谈法律，不谈道德和情感，来谈解决方案。"

王震："对！发动所有人，一定要找到解决方案！现在就成立专案组，请求中科院的支援，调动我们可以请到的最顶级的专家一起来想解决方案……另外，注意保密，千万不能让媒体知道。"

一位医疗专家发言说："王队，请通知曲亚飞，精卫9号携带的全自动医疗仪有短期冬眠功能，可以让兰兰暂时进入冬眠状态，食物短缺问题可以这么解决。"

王震的眼里第一次放出了一点光芒："总算有了一个好消息。"

8

在将兰兰冬眠前，曲亚飞向北京请求把兰兰溜上飞船的情况告知曲琼，并允许她们母女互发一个语音消息。这个请求得到了总部的批准。

曲亚飞："兰兰，你现在可以给妈妈留言了。"

"妈妈，我是兰兰，我现在正和舅舅一起呢。对不起，我可能闯祸了。不过，只要能见到你，我什么也顾不上了。妈妈，你一定要坚持住啊，我可想你啦。"兰兰说着忍不住哭了出来。

曲亚飞插话说："姐，你听我说，兰兰今天偷偷溜上了飞船，安保人员竟然没有发现。现在北京正在紧急开会商讨对策，请一定要坚持住。现在的情况有多复杂，你一定能理解，跟兰兰说几句话吧。"

曲亚飞将语音消息发送了出去。这个令人绝望的消息以光速向土星飞去，最快也要在 1 小时 15 分钟后才能被他的姐姐、兰兰的妈妈曲琼听到。而曲琼的回信又要经历 1 小时多一点儿才能被精卫 9 号收到，这是全宇宙的法律，谁也无法破坏这冰冷、坚硬的自然法则。他带着兰兰在飞船的各处参观着，假装是一次普通的度假旅行。而兰兰的悲伤也被太空旅行的新奇感冲淡了，两人在飞船中玩着各种失重的小游戏，欣赏着太空的美景，飞船中传来的是他们的嬉笑声。曲亚飞心里很清楚，现在的这种和平、宁静维持不了多久，他的心中不知道已经盘算过多少种方案，可是没有一种方案能摆脱眼下的两难困境。

曲亚飞："兰兰，等收到妈妈的消息后，你就得去睡觉，因为飞船上只带了舅舅一个人的食物，你一睡觉，就不会觉得饿了。"

兰兰："我知道，那个叫短期冬眠。睡一觉就能见到妈妈了。"

曲亚飞："是的，睡一觉就能见到妈妈了。"

这时候，屏幕上的消息指示图标闪动了，来自土卫二的消息到了。

曲琼的声音回荡在精卫9号的驾驶舱中：

"亲爱的兰兰，我是妈妈。舅舅告诉我你偷偷上了飞船，真是让我大吃一惊！不过很快我就不感到惊讶了，因为你就是这样一个总是喜欢给妈妈制造惊喜的孩子。记得你小时候刚学会折纸花那会儿，你费了好多功夫偷偷地折了好多五颜六色的纸花，在我生日那天拿出来送给我，给了我一个大大的惊喜。上学后你慢慢学会了写字，那年春节我放假回家，一到家你就送给我一张自制的贺卡，上面写着'标准好妈妈'。我是多么喜悦而又惭愧啊，平时忙于训练而很少回家，很少照顾你，哪里够得上一个好妈妈呢？兰兰，妈妈是多么感恩，感恩这个宇宙创造了人类，让我得以作为一个智慧生物来感受这个宇宙的神奇；我更感恩有你作我的女儿，让我获得成为母亲的幸福，让我感受这种人世间最无私、最亲密的情感。兰兰，你是我的骄傲。妈妈吻你。"

兰兰满意地说了声："妈妈，你一定会没事的。"然后很自觉地向货舱飘去，爬进了医疗仪。

曲亚飞看着兰兰睡得香甜的脸庞，盖上了医疗仪的玻璃罩。

"北京，北京，兰兰已经顺利冬眠。精卫9号等待进一步指示。报告完毕。"

9

　　戴着眼罩睡在工作室沙发上的麦琪被智能手表给震醒了，这种震动模式是她专门为曲亚飞设置的。麦琪咕哝了一声，抬起手表查看消息：

　　"Maggie，我可能会出一个紧急任务，大约需要半年，请帮我照顾一下兰兰。走得太急，没顾得上给你买礼物，回来的时候给你带一个来自太空的礼物。[抱拳]"

　　麦琪生气地把枕头扔了出去，冲着手表叫道："又来了，免费保姆！滚蛋！"

　　尽管很生气，麦琪还是马上给兰兰拨电话，可是无人接听。

　　下班后，麦琪直接去了曲亚飞和兰兰的家。可是按了半天门铃，也无人应答。麦琪只好用密码打开了屋子的门。一进屋，就看见了桌上的一张字条，上面是兰兰稚嫩的字迹：

　　"Maggie 舅妈，如果你找不到我，说明我已经在去求（救）妈妈的路上了！你不用但（担）心我！我保证带舅舅回来和你结 hun！"

　　麦琪捂住了嘴，立即转身出门，跳上自己的吉普车，对着车子就喊："去航天局飞控中心。"吉普车自启后，随即开动了起来。没开出多久，麦琪一眼瞥见王震的车就在她的前面。麦琪赶忙一边按喇叭，一边闪着大灯，接管了自动驾驶。

王震的车被麦琪逼得停了下来。

本来一脸惊怒的王震一看居然是麦琪，脸色也恢复了正常。还没等麦琪开口，他就说："麦琪小姐，你能不能去上个淑女课，学费我帮你出。"

麦琪喊道："兰兰呢，她妈妈是不是出了什么事？！曲亚飞到底执行的是什么任务？！"

王震："你这个提问，是出于记者身份，还是家属身份？"

麦琪："家属身份。"

王震一笑，伸手一摊："结婚证看一下。"

麦琪瞪着王震："那记者身份呢？"

王震："无可奉告！"

王震一边说，一边关上车窗，命令汽车启动。麦琪没想到王震会突然开溜，她赶忙想上去拦王震的车。可终究还是迟了一步，麦琪不甘心地大喊："竟然敢这样对我，你会后悔的……"

麦琪回到车上，喊了一声"回家"，然后她在中控屏上点了一个昵称是"墨菲斯"的头像。过了一会儿，屏幕上出现了一个男人的嬉皮笑脸，他说："麦大美女，我今天是中彩了吗？居然能主动接到你的电话？"

麦琪根本没心思跟墨菲斯说笑，一本正经地说："少跟我贫嘴，许家少爷。你不是号称没有打听不到的消息吗？帮我个忙，我想要知道最近中国国家航天局有没有发生什么大事？"

"有什么奖赏？"

"奖励你请我去巴黎买衣服。"

"真的？就这么说定了！等我消息。"

10

北京飞控中心计算中心

一脸疲惫的杨扬和李工、方工等专家正在投射的电脑屏前紧张地看着运算结果。

一侧大屏上的数据在飞速地滚动着。另一侧在演示动画，精卫9号的前方有另外一艘画着美国国旗的飞船，只见精卫9号的船头伸出一个对接管，慢慢地接近美国飞船的尾部。

然后，一行绿色的文字出现："模拟运算成功"。所有人都轻呼了口气，神色放松了些。这时，王震走了进来。

李工迎了上去："王队，好消息。模拟运算成功！能不能说服戴维出动猎豹号，就看你的了！"

王震："我现在就去一趟洛杉矶。"

猎豹号是美国私人航空公司 Space Matrix 研制的最新型太空飞船，主要用于地球和火星之间的太空旅游项目，采用的是离子发动机，虽然加速时间很长，但最终能达到非常高的速度，目前它正停靠在环绕火星轨道上的国际空间站。北京的计划是：

猎豹号从环绕火星轨道起航，飞向木星，在最小载荷下，用7天左右的时间，逐步加速到与精卫9号差不多的速度。当猎豹号的速度达到最大时，精卫9号恰好追上猎豹号。精卫9号就可以在不减速的情况下，与猎豹号对接，等对接成功后，将兰兰送到猎豹号上。然后，两艘飞船继续飞向木星，精卫9号按原计划利用木星的引力弹弓效应加速，飞向土星。而猎豹号则借助木星的引力实现返航。模拟计算显示，成功率能达到60%，但整个过程只有一次对接机会。

　　王震在见Space Matrix公司创始人戴维的过程中，北京已经将该计划的详细数据发给了曲亚飞，所有人都在焦急地等待王震的消息。

　　王震没有让大家失望，他顺利地说服了戴维马上出动猎豹号营救兰兰。

　　几天几夜几乎没有合过眼的王震在回来的飞机座位上把呼噜打得震天响，他终于可以不用靠药物勉强睡几小时了。

11

　　在抵达汇合点之前6个小时，曲亚飞唤醒了兰兰。兰兰睁开眼睛的第一句话就是："舅儿，我们到了吗？"

　　曲亚飞温柔地看着兰兰，轻声说："兰兰，你听我说。

你不能跟我一起去恩科拉多斯找妈妈啦,你必须回家。因为飞船携带的燃料不够,你要是不离开飞船的话,我们无法在恩科拉多斯成功降落。我向你保证,一定会把妈妈安全地带回到你的身边,决不食言。"

兰兰带着哭腔说:"舅儿,你不是全世界最好的航天员吗?我想跟你一起去找妈妈,舅儿,我不要一个人回家,我想见妈妈。"

曲亚飞严肃地说:"兰兰,你可是我最好的徒弟。这次舅儿不跟你开玩笑,如果你坚持要留在飞船上,那么,最有可能的后果就是飞船会坠毁在土卫二,我们俩谁也活不成,妈妈和其他考察队员也得不到救援。你明白了吗?"

兰兰没有说话,但眼泪立刻在周围飘了起来。

曲亚飞继续解释说:"一会儿,会有一艘飞船接你回家。你一定要听从舅儿的指示,确保安全。"

兰兰终于红着眼睛点了点头。

几个小时后。曲亚飞通过飞船的舷窗,看到了前方的猎豹号。它是漆黑太空中一个小小的闪烁光点。在寂静的太空中,光点逐渐变大,慢慢地显出了猎豹号巨大的太阳能电板。精卫9号缓缓地接近猎豹号,看上去就好像两只优雅的蓝鲸在伴游。其实,它们此时相对地球的速度是子弹出膛速度的20多倍。

曲亚飞用手指头精确地控制着中央控制屏幕上的几个虚拟推杆。

精卫9号船身上的几处喷气口在时不时地喷气,它在太空中调整着姿态,一点点接近猎豹号。

很快,精卫9号的中轴线与猎豹号的中轴线完美地重合在了一起。精卫9号的船头伸出了一根对接管,指向猎豹号的尾部对接口,越来越近。曲亚飞的额头渗出了大颗的汗珠，任由它漂浮在空中。兰兰也是屏住呼吸，眼看着就要对接成功。

突然，一块微流星体撞上了精卫9号像鸟嘴一样的船头。

精卫9号一歪，与猎豹号的对接口错开了一点点。

曲亚飞紧急调整推杆，但已经来不及了。精卫9号突出的对接嘴已经越过了猎豹号的对接口。两艘飞船擦肩而过，距离越拉越大。

当精卫9号的驾驶舱与猎豹号的驾驶舱擦过时，曲亚飞看到了美国宇航员正在向他行军礼。曲亚飞也回了一个敬礼，朝他们点头微笑，他打开通讯器，说："感谢你们的努力。"

兰兰："舅儿，这不能怪你。我们中了百万大奖的彩票了。"

曲亚飞无奈地在屏幕上点开和北京的通讯窗口，说：

"报告北京，对接失败，完毕。"

12

北京飞控中心地面指挥室

整个指挥室死一般地沉寂，只剩下空调出风口的声音。曲亚飞报告对接失败的声音似乎还在空气中回荡，所有人都呆若木鸡。

一直坐在前排镇定自若的吴书记首先开了口："各位辛苦了，先回去休息吧，别灰心，我们还有时间。"

王震恨恨地说："这就是该死的墨菲定律，怕什么来什么。"

吴书记安慰说："老王，我们还有 60 多天可以继续想对策。赶紧让兰兰继续冬眠吧。"

王震正要回话，智能手表震动了起来，他抬手看了看，是麦琪发过来的一行字：

王队，我都知道了——猎豹号！

王震吃了一惊，麦琪这位全国百优记者真不是浪得虚名，这么快就给她打听到了绝密消息。王震苦笑着对吴书记说："看来，我们又有新的麻烦了。"

墨菲斯果然神通广大，通过他那个富可敌国的老爹，拿到了Space Matrix 公司的内部资料，麦琪从中了解到了猎豹号曾经试图与精卫 9 号对接，要接走精卫 9 号上的某位乘客。虽然无法了解到底发生了什么，但十年的记者生涯，已经让她隐隐地猜到了一个大概。

王震觉得，他这一天都伴随着墨菲定律。车子刚到家门口，最怕见到的麦琪已经站在那里迎接自己。

不等麦琪开口，王震抢先说："你不是都知道了吗？还来找我干嘛？"

麦琪："我需要知道更多真相！猎豹号想要接走的人是不是兰兰？兰兰现在什么情况？你们下一步计划是什么？土卫二考察队的情况是什么？我，不，公众需要知道真相。"

王震有些不悦："你们这些记者一天到晚就知道真相真相，你们知道了真相又能怎样？你们能把精卫9号和考察队员都接回来吗？"

麦琪也大声说："媒体和公众有权利监督政府应对重大危机的方案。今天你们不公开精卫9号的消息，明天你们就能瞒着全人类去炸冲向地球的小行星。宪法赋予纳税人监督权利，我作为一个纳税人，更不要说作为曲亚飞的未婚妻、兰兰的第三监护人，我有权知道所有真相。"

王震怒道："麦琪小姐，我可以给你真相，但你觉得你，或者说你所谓的纳税人，真的有承受真相的能力吗？假如地球人都知道明天有一颗小行星撞地球，毁灭全人类，那么很可能，地球上的一半人会死于前一天晚上的骚乱。"

麦琪哼了一声，说："你放心，真相永远比谎言更能安定人心。"

王震冷冷地说："很好，那我现在告诉你真相。真相就是：兰兰偷偷溜上了精卫9号。现在的情况是：要么将兰兰抛弃在太空，要么所有人跟着一起死。麦大小姐，选择权归你，现在，你来决定，抛还是不抛？"

麦琪顿时怔住了，她被这突如其来的诡异选择题震得脑袋嗡嗡的，一下子不知所措。

王震再次冷笑一声："哼，真相好玩吗？你根本无法真正理解太空的残酷。"

王震在离开前扔下一句话："我们还在想办法，请不要打搅我们。精卫9号会按计划利用木星的引力弹弓继续飞向土星。"

13

在深邃、漆黑的太空中，精卫9号就像一粒漂浮的尘埃，尽管以百倍于出膛子弹的速度飞行着，可是在无数星光和巨大的银河旋臂的映衬下，它就像是静止不动的。此时的精卫9号，已经接近巨大的木星，如果以木星作为背景，木星的大红斑就像一只巨眼，而精卫9号则像是巨眼的瞳仁。

曲亚飞正襟危坐在驾驶位上，小心地调试着，看着基地之前发来的数据指令。为飞船设定引擎启动参数：点火时间，世界协调时12点37分32秒，点火持续时间43.6秒。

曲亚飞呼了一口气，望着巨大的木星。屏幕上开始倒计时。

倒计时走到21秒。

突然，船舱内出现了好几处电火花。

飞船AI警告：飞船正在遭受一次猛烈的太阳磁暴，所有电子设备即将进入低功耗保护。船舱内的灯开始熄灭。

倒计时灯走到8秒的时候突然灭了，曲亚飞并没有慌张，这种情况在地面上的模拟舱中，是他经常训练学员的一个科目。

曲亚飞嘴里一边默念着"8、7、6……"，一边快速地在屏幕上点击，调出手动点火程序。

当念到0时，他在屏幕上果断地点击。

精卫 9 号的引擎喷出蓝色的等离子体火焰。

曲亚飞眼睛死死盯着屏幕，继续念："1、2、3……39、40、41、42、43。"

然后，他果断点击屏幕。精卫 9 号的引擎熄火。

经历了短暂的黑暗后，船舱内的灯再次亮起，各种电子仪表的灯也同时亮起。中控屏幕上显示：点火时间：43.6 秒。

曲亚飞露出了满意的表情，望着逐渐远去的木星，松了口气。

然而，他不知道的是，医疗舱的监控屏幕上出现了红色警告。在玻璃罩下面，兰兰依旧香甜地沉睡着。

14

王震最不想看到的事情还是发生了。一则长篇新闻报道以十多种语言的形式同时出现在了国际互联网上，报道的标题是：拯救兰兰，我们相信高手在民间！

精卫 9 号事件迅速成为全球头号新闻，兰兰的命运牵动着全世界人民的心。"LanLan"也因此成为网络世界中知名度最高的一个新词，它的意思是"难题"。各种各样奇葩的拯救方案如潮水一般向中国航天局涌来，航天局不得不成立一个专门的部门，最多的时候有几十人负责回信，每天回信的数量都有几万封，最多的时候一天要回十万封。民间发来的解决方案都大同小异，其中为数最多的一个方案就是：截肢。

无数人提出，可以让曲亚飞自己给自己做截肢手术来减少20.5kg。由于同类方案实在太多，航天局干脆请专家写了一封标准回信公布在官网上，说明在现有条件下，为什么曲亚飞不可能自己给自己做截肢手术，希望能以此阻止民间高手继续提类似的方案。

而第二多的方案是：减肥。

无数瘦身达人提出了可以迅速降低体重的方案。航天局也专门为此写了一个长长的回复，从多个角度阐明这个方案不可取的原因。例如，飞船的自供给生态系统需要曲亚飞的尿液和粪便；飞船是一个封闭系统，根据质量守恒定律，减少掉的体重其实还是留在飞船上；曲亚飞目前携带的食物是经过精确计算的，不可能再让他降低这么多的体重。

其他各种各样的方案更是不计其数，但绝大多数方案都是非常天真和幼稚的。当然，也有少数专家提出的方案值得进一步研究。这些稍微靠谱一点儿的方案会被筛选出来提交到专案小组供分析，遗憾的是，所有的方案都被一一否定了。

时间一天一天地过去，专案小组夜以继日地讨论着、计算着，然而，有效可行的方案始终找不到。

15

精卫 9 号晃动了几下。

驾驶位上的曲亚飞被震醒了。

他已经非常瘦，胡子长得很长，头发也明显凌乱了，形容憔悴，眼睛布满了红血丝。

突然，身后响起了一个声音。

"舅儿！"

曲亚飞吓了一跳："兰兰，你怎么醒过来了？"他怜惜地抱起兰兰。

兰兰看着胡子拉碴的舅舅，有点想笑，但又笑不出："舅儿，你多少天没刮胡子了？我好热，不知道怎么就醒过来了，我们这是到哪里了？"

曲亚飞没有回答，马上去检查飞船的医疗仪。经过一番检查，他确认，应该是经过木星时的那次太阳风暴使得冬眠舱的一个过载保险装置被击穿了。但麻烦的是，这个配件在土卫工有很多，因此飞船上并没有携带备份。

曲亚飞温柔地说："我们还有 10 天就要抵达土星了。"

在飞船的舷窗中，土星已经成了比满月还要明亮的星球，它的光环一层层地，散发着柔和的光芒，就像一个人潇洒地歪戴着草帽。

可是，在曲亚飞的眼中，土星就像是地狱，每接近一分就意味着死亡倒计时减少一分。

16

北京飞控中心会议室

所有参会的人员都显得非常憔悴，在等待的过程中，会议室的电视机上播放着国外电视台的新闻。

CNN主持人："中国国家航天局面临一道两难的选择题，到底是选择全力拯救土卫二上的考察队员，还是冒着巨大风险拯救运输飞船上一名7岁的偷渡儿童呢？全世界都在看着中国人的选择。"

画面切到某个电视谈话节目现场，一位公知说："在宇宙中，众生平等。首先，这个孩子触犯了法律，造成了这个危机，如果没有两全的办法，如果必须选择的话，我选择考察队员，他们活着能带给世界的价值远高于那个7岁小女孩……"

另一位公知显然非常不同意，激动地打断对方的发言："一派胡言，你怎么知道这位小女孩将来能不能获得诺贝尔奖？按你这样的逻辑，当年泰坦尼克号邮轮出事的时候，应该先把老人、妇女、儿童都推下水！对吗？即便牺牲所有人，也是值得的，因为保护弱小是社会得以稳定的基本价值观，人类文明已经走出了弱肉强食的阶段。因为我们每个人都有弱小和无助的时候。"他越说越激动。

主持人打断了他们的辩论，展示了一个数据：近日网民自发开通了这道难题的投票网站。目前已经有超过3000万人投票，在三个选项中，选择放弃兰兰的比例是17%，选择不惜一切代价拯救兰兰的比例也是17%，剩下66%的人选择了"不要逼我选"这个选项。

王震关掉了电视，苦笑道："我是个坚定的无神论者，可今天，我也希望有个神，可以随意地修改物理定律。不要放弃，同志们，继续想。"

这时候，方工匆匆开门进来，说了声："王队！"

王震习惯性地问："好还是坏？"

方工："坏。"

王震叹口气，拿出药片。吴书记把一杯水推到王震面前。王震就着水把药吞了下去："说吧！"

方工："曲亚飞报告，兰兰意外地提前醒了，医疗舱小故障，冬眠舱的一个过载保护器烧了,估计原因就是在经过木星时的太阳磁暴，但是精卫9号上没有可更换的零件……"

所有人脸色都沉了下来。李工摘掉眼镜，有点情绪崩溃："不能更糟了！（突然站了起来）从那天称重和紧急发射开始，精卫9号的悲剧就已经注定了！注定了！"

李工有些癫狂地冲了出去。

吴书记对着助手说："你跟着他！让他好好休息几天。"

助手点点头，也出去了。

王震说："同志们，除了你们已经知道的所有问题，现在，我们又多了一个问题：食物！食物！可能都不用找出安全着陆方案，他们就已经饿死了！"

方工怏怏地站在那里，突然说："其实还有一个更坏的消息。"

大家都有些疲惫地看着方工，还能有什么更坏的消息呢？

方工："考察队员冯鑫也被感染了，而且恶化得很快。"

会议室里鸦雀无声。

杨扬盯着王震和吴书记，他已经很久没有发言了，一直保持着沉默。这时候，他突然腾地一下站了起来，大声说："够了！为了这个熊孩子！还要牺牲多少人力物力财力？！"

杨扬冲到电子黑板前，推开王震。边画边说："这不是有一个完美解决方案嘛！把这个触犯了航天法的女孩抛出飞船，曲亚飞能活！曲琼能活！吴书记儿子能活！冯工也可能活！"

大家默不作声。

杨扬继续说："如果明天就是即将抵达土卫二的最后一天，大家投票表决！到底是抛还是不抛兰兰？！（他举起手）我投票抛出兰兰！"

沉默了一会儿，有几位外国专家也跟着缓缓举起了手。

王震啪地一拍桌子，发火了："我绝不放弃！"

王震和杨扬怒目对视着。

吴书记把电视打开了，想缓和一下气氛。电视画面中出现了一个几个月大小的婴儿的特写，显得那么的弱小。

这是考察队员冯鑫妻子抱着他们刚刚出生没多久的孩子正在接受采访，她说："谁都想活下去呀！解决方法不是很简单吗？把那个偷渡的小女孩抛出飞船外！"

采访冯鑫妻子的正是麦琪，她说："这可是一条鲜活的生命啊。"

冯鑫妻子凄苦地看着自己的孩子："难道我丈夫的生命就不是生命吗？我们的孩子就不是鲜活的生命了吗？宇宙的自然法则，不是所有生命都平等吗？法律层面、道德层面，这个 7 岁女孩犯了错！凭什么她的错误要用我丈夫的生命来承担，这太不公平了。这对太空航行的偷渡行为也是一种助长！难道你认为为了一个孩子，全都去死才是正确的吗？"

麦琪没有回答，只是低下了头，已经没有了往日的干练。谁也没有想到，她突然扔下话筒，掩面哭泣，转身走了出去。一边走，一边朝后面挥手，示意摄像师别跟着。

兰兰的意外苏醒使得局面更加复杂化，几天后，飞船上的食物就已经所剩无几。如果这样下去，很可能在到达土卫二之前，他们就已经饿死了。

时间就像一把锋利的小刀，在滴答声中一点一点地割去人们的希望。

考察队员的亲属自发组织了一个联盟，在网上征集支持率，呼吁航天局当机立断，拯救自己的亲人。网上的民意开始向着放弃兰兰的方向倾斜。

17

北京最高人民法院会议室

这是精卫 9 号最后一次工作会议，这次会议必须从两个方案中选一个：

A. 抛出兰兰。

B. 不惜一切代价强行着陆。

参会的人包括最高法院院长、最高检察院检察长、国家监察委监察长、北京市委书记、航天局吴书记、飞控中心王震大队长、若干人大代表等数十人。

轮到王震发言了，他缓缓地说：

"各位领导，我是看着兰兰长大的，兰兰的妈妈和亚飞都是我最好的朋友，可以说，我比你们在座的任何一位都痛苦。如果这种事情发生在地球上，哪怕是在茫茫的大海上，我想我们都能找到解决方案。可是，现在他们是在距离地球十多亿千米的太空中。在那儿，主宰飞船命运的只有冷酷的方程式，无论是一位少女还是一台发动机，在这个方程式中都只不过是一个质量参数 M。兰兰触犯的其实不是地球人定下的第 21 条，而是大自然定下的物理定律，数学公式就摆在那里，人人都可以计算出结果，谁也无法改变它的结果……"

会议进行得非常沉重和压抑，所有人都不太愿意发言，因为人人都知道，无论选择了哪个选项，都可能遭受终生的良心折磨。

这时，吴书记的智能手表震动了一下，他看了一眼，请示说："高院长，曲琼从土卫二发来了语音消息，我建议放出来大家一起听一下。"

高院长点点头。在一阵短暂的噪声后，曲琼的声音响了起来：

"各位领导，我是土卫二考察队的队长，也是兰兰的母亲曲琼。在过去的这几十天中，对我来讲，就好像过完了一生。我把自己与兰兰一起度过的每一秒钟都从头到尾回忆了一遍。我恨我自己为什么陪伴兰兰的时间如此短暂，我多想再抱一抱兰兰，亲一亲兰兰，为了她，我愿意死一百次。各位领导，我知道你们谁也不忍心做出抛弃兰兰的决定，那这个决定就让我来做吧。我相信兰兰一定会化作一颗美丽的星星，永远飘荡在我们钟爱的太空中。她的父亲也是为了航天事业牺牲的，她的血管中流淌着航天人的血，在太空中长眠是我们航天人最大的幸福。我相信，兰兰父亲的在天之灵也会理解的。请下决定吧，有更多的生命等待着你们拯救。"

所有人都看着高院长，等着他说话，谁都知道，会议总有要结束的那一刻，而且情势确实也无法再多等待了，该讨论的早已讨论过了。

高院长终于开口了："看来，真的是没有办法了。在我的职业生涯中，这恐怕是最艰难的一次判决。我以为我早就可以将个人情感和法律工作分离，现在明白其实没有人能真正做到。有生以来，我第一次对自己选择了这个职业感到沮丧。我批准你们依据《航天法》修正案第 21 条，以多数人活下来的优先原则，执行一切必要的措施。"

18

精卫 9 号无声无息地飞行在漆黑的太空中，星星就像缀满天鹅绒的银饰。土星带着巨大的光环反射着阳光，曲亚飞愣愣地看着前方，似乎忘记了自己身在何处。

兰兰漂浮在飞船中，睡着了，由于每天摄入的热量只有一点点，她现在大部分时间都在主动睡觉。曲亚飞看着兰兰长长的睫毛，轻轻扇动的鼻翼，他愿意为了眼前的这个少女献出自己的生命。可是，有更多的生命在等待着他去拯救。一个小时前，北京的指令到达精卫 9 号，附带着高级法院的执行通知书。虽然曲亚飞已经无数次想到了这个可怕的结果，他的心中依然保留着一丝希望，现在，希望化为了泡影。曲亚飞无声地哭泣着，一滴滴晶莹的泪水漂了起来，像无数的钻石反射着星光。

王震的声音回荡在耳边："亚飞，请相信我们，真的已经尽力了。我知道，你宁愿牺牲自己也不愿意伤害兰兰，我何尝不是这样？如果能一命换一命的话，我会毫不犹豫地牺牲我自己。但是，我们没有权利用牺牲自己的方式剥夺另外五名考察队员的生命。请你相信，兰兰的母亲会原谅你的。"

姐姐的声音也一遍又一遍地在耳边回响："亚飞，我不会怪你的，我们每个人都来自宇宙，也终有一天要回归宇宙，不管这一天在何时来临，我们都不用害怕，因为我们都是宇宙的孩子。你一定要记住，你不是在伤害兰兰，你是在拯救六个人的生命以及一代航天人毕生心血的成果，我相信兰兰也一定能理解的，你姐夫的在天之灵也会理解的。我只有一个请求，请不要让她走得痛苦。"

此时的曲亚飞已是泪流满面，他多么希望自己能够放声大哭，让全世界都听到他的哭声，可是，他又生怕吵醒兰兰。

但是，兰兰还是醒过来了。她揉了揉眼睛，说："舅舅，我梦到妈妈了。咦，你眼睛怎么红红的？哇，好多钻石啊，真漂亮。"

曲亚飞："舅舅眼睛痒，揉过头了。这些小水滴是舅舅特地洒出来给你看的，你看，在失重状态下，每颗水珠都会在表面张力的作用下变成一个浑圆的小水球，有趣吗？"

兰兰："真好看。"

曲亚飞："我们再去看看银河好吗？舅舅继续给你讲银河的故事。"

兰兰乖巧地点点头。

曲亚飞："顺着舅舅手指的方向，就是银河系的中心，那里有一个超大质量的黑洞。我们的太阳系其实是在银河系的一个旋臂上，已经快接近银河系的边缘了。整个银河系有 2000 多亿个像太阳这样的恒星，几乎每一颗恒星周围都有许多行星环绕着转，我们已经发现了几万颗跟地球差不多条件的行星呢。"

兰兰："那里有外星人吗？"

曲亚飞："我相信一定有的，只是他们离我们非常非常遥远……"
虚弱的兰兰闭上了眼睛，又睡着了。

此时，巨大的土星带着美丽的光环已经占据了精卫9号的整个观察窗，那薄如蝉翼、由无数个同心圆组成的星环散发出柔和的光芒，令人迷醉。此时的精卫9号就好像钉在一副巨画上的小小图钉，逐渐地缩小。曲亚飞看着沉睡中的兰兰，强迫自己在脑海中想象着奄奄一息、焦急等待着自己的航天员们。他用一只手轻轻托着兰兰的头，另一只手张大虎口，用大拇指和食指慢慢摸到了欢快跳动着的颈动脉，细心寻找着颈动脉窦，那是可以让兰兰最没有痛苦的位置。曲亚飞闭上了双眼，一点一点地按压下去，兰兰那晶莹剔透的皮肤就好像是易碎的瓷娃娃。指尖上的跳动先是越来越明显，过了一会儿，慢慢地弱了下去，兰兰的呼吸也慢慢地弱了下去，她依旧睡得香甜，最后，一切都平静了下来。

曲亚飞抱着兰兰柔软温暖的身体，漂到了减压舱门口。他打开减压舱门，将兰兰放进了减压舱。然后，再次关闭减压舱门。所有的动作，他都做得很缓慢。在按下按钮之前，曲亚飞喃喃自语地说道："兰兰，你会化作星辰，永远活在我们的心中。"

在巨大的土星光环下面，兰兰的身体漂浮在飞船的舷窗边，鲜血从兰兰的口鼻中渗出，像一朵朵盛开的鲜花。冷酷的方程式终于又回归平衡。

精卫9号的减速引擎启动了，强烈的火焰光芒照亮了曲亚飞满是泪痕的脸庞，他终于可以放声大哭了。

地球上，无数的烛光为兰兰点亮。

精卫9号安全着陆土卫二，医疗设备起了作用，所有考察队员获救。

太阳帆

1

　　自 1961 年苏联人加加林首次进入太空以来，人类征服太空的壮丽事业经历过短暂的黄金年代。1972 年阿波罗 17 号登陆月球之后的 60 年间，月球在地球周围划出的那个小小圆圈，就像是孙悟空给唐僧画下的安全线，没有载人飞船能飞跃此线。直到人类发明出太阳帆船，才终于迎来了宇航时代的第二次黄金年代，人类的足迹终于从月球扩展到了火星。

　　公元 2049 年，四年一届的国际太阳帆船大赛再次拉开帷幕。

　　本次参赛队伍数量超过了以往的任何一届。除了上一届的六支参赛队伍：中国队、美国队、俄罗斯队、英国队、欧盟联队、日本队之外，本届比赛还有四支新的队伍参加，它们是加拿大队、印度队、巴西队和澳大利亚队。这 10 艘太阳帆船目前正停靠在距离地球 150 万千米的日地第二拉格朗日点上。10 分钟后，它们将展开太阳帆，起航飞向火星。

2

当地时间 20:00　印度孟买的一间小酒吧

宗教传统终于没能抵挡住法兰西葡萄酒的魅力，来自西方的酒吧文化正在向孟买的底层民众渗透。越来越多的小市民在忙碌了一整天后，选择走进一间小酒吧，在觥筹交错中传递着各种小道消息。卡皮尔和迪让依旧坐在老位子上，这对酒友每周总要来过把瘾。

"买印度夺冠？你疯了？卡皮尔，这可是印度第一次参赛！我们能顺利抵达终点就已经算是奇迹了！"迪让看着身旁激动不已的卡皮尔，下意识地猜到他似乎又干了什么蠢事儿。

卡皮尔用手胡噜着与他那大酒糟鼻不相称的小圆脸，显得很淡定，"你先别激动啊，我就问你，现在赔率是多少？"

迪让扯着嗓子大声说道："赔率有意义吗？我1赔1亿跟你赌明天太阳照常升起，你赌吗？"

卡皮尔一脸不屑地说道："你能不能少点废话啊，我跟你认真的，你看下，现在赔率是多少？"

"行行行，我看下威廉希尔的最新赔率，"迪让一边咕哝一边滑手机，似乎不敢相信自己的眼睛："什么？有没有搞错？！居然只有1赔75，有点反常啊。"

"这就对了，昨天还是1赔180，今天就大幅缩小了，看来，老牌的博彩公司嗅觉确实不一般！"

"卡皮尔，你葫芦里到底卖的什么药？印度队怎么了？"

卡皮尔停止摆弄酒杯，侧着身子凑向迪让，一本正经地说道："迪让，实话跟你说吧，昨天，有一女的，到我的投注站下了三十万的重注，买印度队赢。你知道，虽然每次大赛前，也总有几个赌徒会押冷门，但像她这样往死里押的，我真是头一次见到。我就奇怪了，这女的……谁啊！？晚上我就翻了监控录像，给这女的截了张图，然后发给了我儿子，你知道的，我儿子别的本事没有，在网上找人的本事谁也比不过他。你随便给他一张照片，他一会儿就能给你把他的七大姑八大姨全挖出来，那么，你猜猜这女的是谁？"

"别卖关子，直接说！"

"说出来你别不信，是阿米尔的老婆……"

"啥？！笑死老子了，你净瞎编！你不认识字啊，阿米尔的老婆昨天在空间站！"迪让扬了扬手机，露出鄙夷的眼神。

卡皮尔哼了一声："你能不能有点涵养，我话说完了吗？笑什么笑。我说她是阿米尔的老婆的妹妹……还笑不？！"

迪让张开的嘴突然就合上了："真的？你儿子没搞错？"

卡皮尔倒了一杯酒，脸上洋溢着自信的微笑，"我那臭儿子就这点出息了，他说是就肯定错不了！"

"看来，确实有点门道……"迪让托着腮帮子，若有所思，"哎？你的意思是，我们也跟点？"

卡皮尔再次冷笑着说："不管你怎么想，我打算跟个一万。"

"好，我也跟一万！来，喝了！"迪让举起酒杯，朝卡皮尔伸过去。

3

当地时间 18:00 莫斯科郊外的一个高档住宅区

一位穿着风衣的中年男子正朝着一幢精致的独立小屋走去，那里住着莫斯科号船长加布洛夫的母亲，中年男子走得很慢，似乎满怀心事。他走到小屋前，整理了一下行装，稍微犹豫了一下，还是走了上去。

加布洛夫的母亲正坐在沙发上，盯着墙上的全息屏，关注着太阳帆船大赛的消息。画面的右上角一个表示消息的小图标突然闪烁了起来。老太太举起右手，在空中画了个圈。全息屏的画面上出现了儿子加布洛夫从太空发回来的小视频：

"妈妈，我现在状态一切良好，比赛5分钟后就要正式开始了，您放心吧。今年，莫斯科号一定能夺冠。"画面定格在了加布洛夫伸出两根手指的镜头上。老太太抬手，用大拇指捏住自己的中指，信息屏上的画面变成了老太太的实时录像。

"哦，我听到了，加布洛夫，好好比赛。"

随着老太太松开大拇指，刚才录制的画面被装进了一个虚拟的信封中，折叠、缩小，飞向远处。

就在此时，"叮咚"，门铃声响起。

老太太犹豫了一下，露出不太情愿的表情，但还是站了起来，走到门口，拉开一条小缝。

门外站着一位穿着风衣的陌生中年男子。

老太太疑惑地问道："请问，您是？"

男子毕恭毕敬地说："哦，尊敬的英雄母亲，我叫伊万诺夫，是俄罗斯纪事网的记者。"

"记者？"老太太有点不悦，"我特意交待加布洛夫，让他别告诉媒体我住在哪儿，我一个人清静惯了，没想到还是被你们给找着了。"

"老妈妈……"伊万诺夫原本温和的语调又低了一些，"您儿子是俄罗斯人民的骄傲，您也是俄罗斯人民的英雄，我……可以进来吗？"

男子谦卑恭敬的语气打消了老太太的敌意，"当然。既然找到了，那就请进来喝杯咖啡吧。"

伊万诺夫用最小的接触面积坐在沙发上，继续用他谦卑恭敬的语气说道：

"老妈妈，我们知道您喜欢清静，所以单位就只派了我一个人来。比赛的时间还长着呢，今天我只是先过来认个门儿，同时也想请求您允许我经常来看望您，到了比赛最关键的那几天，我来陪着您一起享受胜利的喜悦。您放心，我们绝不会向外界提前透露您的任何信息，我的文章会在比赛结束后才刊发。"

老太太在咖啡机前忙碌，头也不回地说："行吧，就你一个人的话，我同意。"

伊万诺夫如释重负，脸上挂着欣喜："太感谢您了。据我所知，航天局专门给您开了一个消息端口，您随时可以和加布洛夫船长互发视频短信，对吗？"

老妇人端着一杯咖啡转身说道："是的，航天局的人觉得，在漫长的航程中，我能经常跟儿子说说话，对他的精神状态有好处。"

伊万诺夫下意识地抬起手，手掌贴在自己的胸口处，"如果您不介意的话，我会记录您跟儿子互发的消息内容，当然，会征得您的同意再刊发。"

"不介意，我跟我儿子之间也没什么秘密。"老妇人将咖啡递给伊万诺夫。

"太感谢您了。那今天就不打搅您了，改天我再来拜访您。"伊万诺夫将手里的咖啡一饮而尽，一脸的高兴。

4

北京时间 22:00　屈原号船长陆飞宇的家中

陆飞宇的爱人正和女儿一起守在全息屏前关注着比赛新闻，今天的晚间新闻是太阳帆船大赛的特别报道。

"各位观众，你们现在看到的画面是从位于日地第二拉格朗日点的太空坞传回来的。由于光速限制，我们现在看到的画面实际上是 5 秒钟前的画面。来自 10 个国家的太阳帆船呈扇形围绕着太空坞，被超高强度的太空纳米缆绳拽着，这有点像是一个人同时放出了 10 只风筝。现在我们还无法从太空坞的摄像头看到太阳帆船，是因为它们的太阳帆还没有展开。好了，时间应该到了。大家注意，船坞的绿灯亮了，说明启航的时间到了。你们现在看到的是我们提前制作的太阳帆展开的动画示意，每艘船的太阳帆展开方式不一样，展开后的面积也不一样。我们的屈原号并不是所有飞船中太阳帆面积最大的，我们的是 5.6 平方千米，小于俄罗斯的 5.8 平方千米。但飞船的综合性能并不只看太阳帆的面积。大家注意，画面上逐渐开始出现了 10 个小亮点，越来越亮，那就是正在展开中的太阳帆。它们的目的地是火星，最先抵达火星的飞船就是冠军。今天来到我们演播室做评论员的就是屈原号的总设计师孙立军教授，下面请孙教授给我们讲解一下太阳帆船的基本工作原理。"

"实际上，太阳帆船的工作原理与大海上航行的帆船有些类似，"孙立军教授手里拿着一片透明的材料，"你看我现在手上拿的就是太阳帆的材料。"

"这还真的是薄如蝉翼啊，感觉像是完全没有重量。"主持人摸了摸孙教授手里的材料说，"不过，孙教授，这太空不是真空吗？哪儿来的风呢？"

"太空中的风和地球上的风不一样。太空中的风叫做太阳风，太阳除了会发光以外，实际上，它还在不断地抛射出有质量的粒子，这些粒子的运动速度虽然比光速要慢很多，但平均速度也能达到 450千米／秒，这可是相当于 160 万千米的时速啊，比人类制造的太空飞行器那可是快多了。这些粒子就像是太阳吹出来的风一样，人类是在20世纪60年代首次证实了太阳风的存在。"

主持人："所以太阳帆船就是借助着太阳风的推力前进的？"

孙教授："也不完全对，实际上太阳帆船可以同时利用太阳光产生的光压和太阳风产生的推力。这个推力的大小跟太阳的活跃程度以及距离太阳的远近都有关系。但不管怎么说，这个推力都极其微弱。我打个比方吧，我们的屈原号太阳帆的面积相当于780多个足球场的面积，即便这么大的面积，能够产生的总推力也不过100N左右，就跟一个三岁小孩推车的力量差不多。"

主持人："这个推力虽然小，但是它无时无刻不作用在飞船上，而且取之不竭用之不尽，有点水滴石穿的那种感觉。"

孙教授："说得很对，这个推力虽然很小，但架不住作用的时间长。因为在太空中几乎没有阻力，一个微小的加速度，只要始终存在，累积起来的效应就相当惊人。你看，现在我们完全看不出这些飞船在移动。实际上，它们第一秒只能移动1.7cm，但是1小时后，它们就能跟F1赛车跑得差不多快了，10小时后就能超过音速。当然，随着离太阳越来越远，太阳风的强度会逐渐减小，但这个推力始终存在，太空船的飞行速度会越来越快。"

主持人低头看了一下观众的留言板："孙教授，有观众提问，这些飞船没有动力引擎，完全靠太阳帆产生的推力，那减速怎么办？就好像赛车不能刹车，冲过了终点线岂不是停不下来吗？"

孙教授露出微笑："这是个好问题。实际上，太阳帆给飞船加速，是有极限的。要知道，在太空中飞行的所有飞行器，都会受到太阳的引力牵引。所以，只要飞行速度不超过第三宇宙速度，它们在太空中的飞行路线最终一定是围绕着太阳的一个闭合的椭圆形，你可以想象成一个长周期彗星的轨道。太阳帆船在飞向火星的过程中，它走的飞行路线可不是像太阳射出来的光线那样，直指火星。而像是太阳甩出来的一根抛物线逐渐远离太阳，和阳光的方向始终有一个夹角。"

讲到这里，孙教授抬手在空中画了起来，全息屏把孙教授手指划过的轨迹染上了颜色。

"我们姑且称在这条路线上的太阳帆船为沿着'西北'方向飞行。那么，现在我们假设有另外一艘太阳帆船是沿着'东北'方向飞行的。"孙教授熟练地在空中画着示意图。

"好了，下面就是关键点了。请你想象一下，有一艘向着'西北'方向飞行的太阳帆船，它把太阳帆与太阳的相对角度调节到与向着'东北'方向飞行的那艘太阳帆船一致，会发生什么情况呢？"

主持人："明白了。这时候，这艘太阳帆船的速度方向依然是'西北'，但是加速度的方向却逆转成了'东北'，所以，对于这艘太阳帆船来说，实际的效果就是减速。"

全息屏将刚才孙教授画的两幅图自动合并成了一张。

孙教授："完全正确，学过物理的观众都知道，速度和加速度都是一种矢量单位，它们都是有方向的。这个比赛最难的地方就在于精确控制飞船的加速度和减速度的大小，比赛的过程就是一个先加速再减速的过程，抵达火星时的速度如果超过某个值，就会飞掠火星，无法被火星的引力捕获。按照大赛规则，只有当飞船与火星的距离维持在一个恒定范围不再变化时，才算抵达终点。所以，为了让飞船尽可

太阳帆船

①

太阳帆船

②

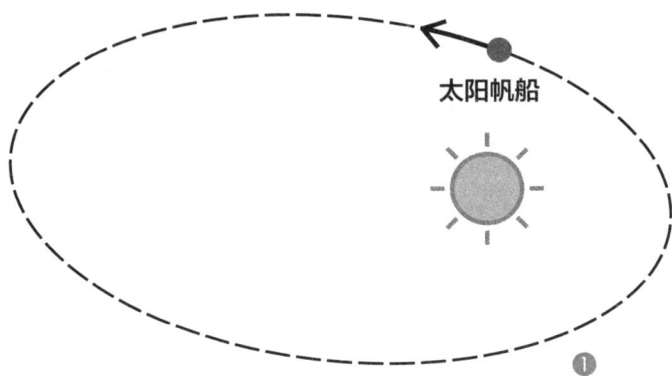

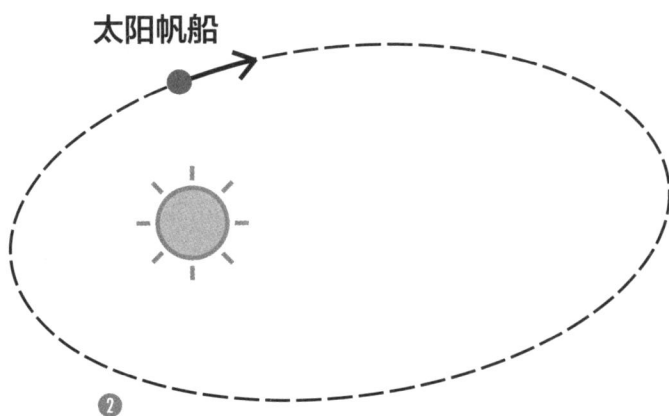

① 太阳帆船沿"西北"方向飞行
② 太阳帆船沿"东北"方向飞行

能早一点到达火星，船长和导航员需要考虑的问题很多，例如飞船的航向、火星公转的轨道、太阳风的强弱，等等，最关键的是要掌握好加速和减速的转换时间点。减速时间如果晚了，虽然速度很快，但很有可能无法泊入火星轨道；减速时间提早了，那飞船的速度就慢了。因此，这项比赛，是宇航员的经验、应变能力和飞船本身机械性能的

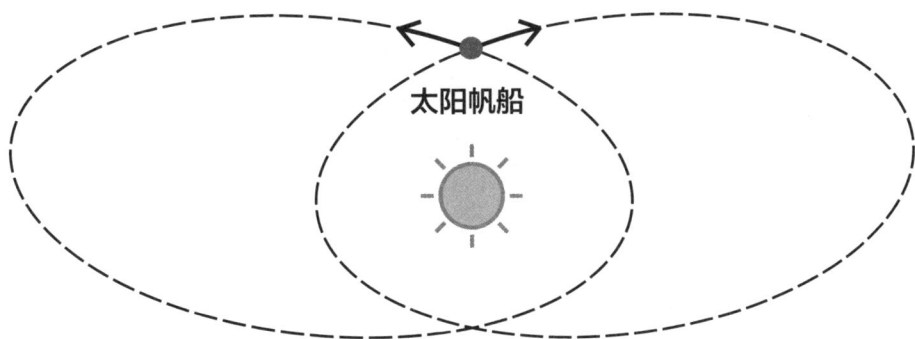

太阳帆船沿"西北"与"东北"方向飞行合成图

综合大比拼，体现的是一个国家的综合实力。"

主持人："孙教授，那您能对本次比赛做一个预测吗？"

孙教授："我当然希望中国队能够卫冕成功。但说实话，中、美、俄的实力非常接近，无论谁夺冠都在意料之中。不过，我本人倒是对这次比赛的新晋队伍印度队特别关注，现在外界有些传言，说他们可能掌握了什么黑科技，有可能成为黑马。"

看到这里，坐在沙发上的小冰忍不住喊道："妈妈，爸爸今年一定能夺冠的，对吧？"

小冰的妈妈抚摸着女儿的头发，坚定地说："当然，爸爸一定能为中国队卫冕成功。"

此时，画面中开了一个小窗，小冰看到了爸爸出现在画面中。

主持人："来了，屈原号的画面信号过来了，我们请导播切换一下画面。各位观众，你们现在看到的就是屈原号的船长陆飞宇博士，在他旁边的是导航员杨帆博士。飞船在启航阶段是比赛全程中相对轻松的时刻，所以，我们可以与陆飞宇博士连线。陆博士你好，这里是中央电视台，听到我这句话后您就可以开始说话了。目前屈原号距离地球 5 光秒的距离，所以，我们收到陆博士的回话大约要等待 10 秒。光速极限是我们的宇宙宪法。"

主持人显然经过了事先的演练，她的话音一落，画面中的陆飞宇博士的声音刚好响起："主持人好，全国的电视观众好。我是屈原号的船长陆飞宇，现在屈原号的状态良好。我代表屈原号的全体宇航员以及飞航大队的所有工作人员向全国人民保证，我们一定会全力以赴，力争冠军，为祖国争光。再次感谢全国人民的鼓励。主持人。"

5

日地第二拉格朗日点 屈原号太阳帆船 比赛开始10分钟

与硕大无比的太阳帆相比，屈原号的驾驶舱就像粘在降落伞伞面上的一粒芝麻。为了尽可能地减少质量，太阳帆船的驾驶舱比一架民航客机的驾驶舱大不了多少。宇航员的吃喝拉撒睡全部都在一张多功能的驾驶椅上完成。驾驶舱中有一半的空间都用来储存食物和水，这些物资会在漫长的航程中被逐渐消耗，飞船上的空间也会逐渐宽裕一些。太阳帆船的宇航员之间有一个国际通行的切口：健身房开张了。指的就是即将抵达目的地，储藏食物和水的空间可以用来健身了。

导航员杨帆见陆飞宇说完了最后一句话，冲他眨了眨眼睛，揶揄道："老陆啊，你好像漏了一句台词'绝不辜负全国人民的殷切期望'啊，回头王大又该说你政治觉悟不高了。"

陆飞宇一拍额头，"嗨，又给忘了。不过这都啥年代了，王大给我的词还像我小时候的语文老师教的话。"

杨帆抿了抿嘴说："咱们俩不就是从小不好好学语文，才当不了领导嘛。"

陆飞宇大笑："哈哈，说的也是。不过，要我在翱翔太空和坐主席台两者选其一的话，那我肯定选择太空啊。"

杨帆也跟着笑了起来。他们已经连续紧张工作了 20 多个小时，现在正式起航了，按计划的电视连线也完成了，反而成了最轻松的时刻。杨帆哼起了自己最喜欢的一首老歌："没有什么能够阻挡，你对自由的向往，天马行空的生涯，你的心了无牵挂，除了小冰和小冰妈。"

　　"哎？老陆，印度人的苏利耶号不对劲啊。"杨帆以多年导航员的职业敏感注意到了一些数字的不寻常。

　　"怎么啦？"陆飞宇问。

　　杨帆指着几行参数说："他们的航线有点不对劲。"

　　陆飞宇用手在中控屏上滑动放大，说："我看看，嗯……你是不是太敏感了，与启航最佳航线相比是有那么点微小差异，或许是印度人第一次参赛，可能有点紧张，有点小失误也难免。"

　　"不不，老陆，我不这么认为。启航阶段的最佳航线都是一些固定的参数，他们的飞船也应该跟我们一样，现阶段是完全由计算机自动接管的，跟人没关系。这只能有一个解释，他们要走一条新的航线。"

　　陆飞宇愣了一下："这不可能吧？全世界的天体物理学家早就把所有的航线都计算过了，怎么可能还有更好的航线？"

　　"理论上确实是这样……"杨帆盯着中控屏，"但印度人正在这么干，我不知道他们葫芦里卖的什么药。之前就一直有传言说苏利耶号要当黑马。"

　　陆飞宇歪着头想了想，咧嘴一笑："随他去吧，我们只能努力做好自己该做的，他们到底卖的什么药，过几天就知道了。"

6

几天后，十艘太阳帆船逐渐拉开了距离，每艘飞船的航线都略有不同。俄罗斯队的莫斯科号凭借着太阳帆的面积优势，一马当先，冲在了最前面。

莫斯科号的导航员日尔科夫指着中控屏上代表苏利耶号的小光斑，冲着加布洛夫嚷嚷道："我看印度人不是疯了就是神了。前几天我还以为是他们的失误，现在看来，这绝对是有意为之！"

加布洛夫："我早就认为失误的可能性极低，我跟阿米尔打过交道，他是那种胆大心细的人，绝不鲁莽，你能再仔细想想吗？他们这条航线会不会有什么特殊的地方？"说着，他用手指沿着苏利耶号的航线上画了一下。

日尔科夫："如果仅从数学的角度来看，它比最优航线的平均速度至少要慢 5%，这一点绝对错不了，上帝也无法改变数学定理。如果一定要找原因，那必须到数学以外去找。我现在还没什么想法。"

加布洛夫："日尔科夫，我们别被印度队给带偏了，我们真正的对手是中国人和美国人，他们的情况怎么样？"

日尔科夫熟练地在中控屏上点了起来，边点边说："这次我们有太阳帆面积上的优势，现在的航速我们仍然是最快的，不过中国人跟得很紧，他们的微操控堪称完美。美国人的五月花号排在第三，无论是航向还是速度也都与我们相差无几，我们丝毫松懈不得。"

7

苏利耶号的古怪航线也引发了全世界航天爱好者们的广泛讨论，所有人都在猜测印度人的动机。中国队的屈原号紧跟着莫斯科号，导航员杨帆密切注视着苏利耶号的一举一动。

"老陆，这两天我脑子里总是出现福尔摩斯的那句话：排除了所有不可能的，剩下的那个哪怕再不可思议也是事实。我觉得，只剩下一个可能了。"

"我听着。"陆飞宇现在已经完全相信，苏利耶号的"偏离航道"没那么简单。

杨帆继续说："他们准确计算出了一个超级耀斑的爆发时间。"

陆飞宇像是吃了一惊，但语气中又带着几分侥幸："不会吧，耀斑爆发可是混沌事件，怎么可能准确预测？"

杨帆："在排除了所有不可能的……剩下的那个哪怕再不可思议也是事实！"

8

随着飞船离太阳越来越远，太阳风的强度也逐渐减弱，苏利耶号就像一只离群的大雁，孤零零地排在船队的最后面。然而，船长阿米尔和导航员马呢嚧并没有显现出任何的失落，相反，此刻他们的脸上正闪动着兴奋的光芒。

"阿米尔！如果他的预测是对的，太阳耀斑将在半小时内爆发。如果他错了，我们的比赛……哼哼，就结束喽……"马呢嚧说话的声音不大，但听在阿米尔的耳朵中就像是炸雷。在寂静的太空中，任何微小的响动，都能清晰地听到。太阳帆船没有动力引擎，飞行中是完全无声的，宇航员可以清晰地听见自己肠胃的蠕动声。

阿米尔小声，但坚定地说："我对拉马教授有充分的信心，他是这个世界上最好的数学家。为了今天的比赛，我们已经准备了二十年。我绝对相信拉马教授的计算结果，你现在要做的不是怀疑，而是准备迎接太阳风暴的冲击。这将是一次卡林顿级别的太阳耀斑爆发。"

马呢嚧咕哝了一声："真想亲眼看看这道太阳闪电啊。"

"呵呵，没事，回家可以看录像。"

"那感觉可不一样，就像看棒球赛，是不是直播那感觉可差远了。"

就在此时，中控屏上的一个图标闪烁了起来。

两个人一下子紧张了起来，阿米尔轻轻点了下未读信息的图标，他虽然内心很坚定，但是这足以立刻决定比赛输赢的信息，让他的精神不受控制地紧绷着。

马呢嘘的腿轻微地抖动着，打开这个消息，就相当于揭晓了彩票的中奖号码。

消息果然没有让他们失望。

阿米尔突然像个孩子般地大叫起来："马呢嘘，我说什么来着，我就说过，拉马教授他不会算错，太阳耀斑……已经……已经爆发了……做好准备，20小时18分钟后，太阳风暴就来了。"压抑了10多天的紧张情绪终于得到了释放，阿米尔忍不住放开喉咙，唱了起来：

多么辉煌那灿烂的阳光
暴风雨过去后天空多晴朗
清新的空气令人心怡神旷
多么辉煌那灿烂的阳光
亲爱的，让暴风雨来得更猛烈些吧！

9

"本台刚刚收到一条重要消息，海耳卫星刚刚监测到了一个巨大的太阳耀斑，这是189年以来，人类记录到的最强的一次太阳耀斑，它的强度很可能超过了卡林顿级。我们现在连线的专家是屈原号的总设计师孙立军教授……"

中央电视台的主持人永远是一副不以物喜不以己悲的镇定神态。

"喂！孙教授，有很多观众都很关心这次太阳耀斑爆发会对地球产生什么影响，会对正常进行的第四届国际太阳帆船大赛产生什么影响？"接通之后，主持人一口气问完了他想问的问题。

孙立军："首先，这次太阳耀斑爆发虽然极为猛烈，但是对地球应该不会有什么影响。大家要知道，太阳耀斑爆发有点像我们打喷嚏，带电粒子流总是对着某个固定的方向喷射出去的。而这次太阳并没有对着地球打喷嚏，所以大家不用担心地球会受到影响。但是，这次耀斑爆发对太阳帆船大赛却有着重大影响。此前就有人猜测，印度人可能搞出了一个超高精度的恒星数学模型，从而能够准确预测太阳耀斑爆发，否则无法解释苏利耶号的古怪航线。这个猜测现在被证实了，但我实在无法想象真的存在这样的数学模型。"

主持人："就是说，苏利耶号目前的航线恰好就在太阳打喷嚏的方向上，对吗？"

孙教授提高了音量："没错，没错！一股强烈的太阳风正在以每秒 2000 多千米的速度向苏利耶号吹去。大约 20 个小时后，苏利耶号所处的位置不偏不倚，刚刚好正对着这个超级喷嚏。这当然不可能是巧合，只能是经过了匪夷所思的精密计算，才能如此完美地迎上太阳风暴。我甚至怀疑是不是有外星人在帮助印度人了。"

"这么说来，印度人要夺冠了吗？"

孙教授迟疑了一下，接着说："嗯……现在还不能下这个定论。

但是印度队的飞船会获得更大的加速度这一点是无疑的，具体能大到多少，我们有一个研究小组还在紧张计算中，结果还没出来。大家要知道，飞船在太阳系中走的必定是一条弧线，而太阳耀斑爆发产生的定向太阳风几乎是以直线喷射出的，所以，苏利耶号这次遇到的情形，就好像一只蚊子在飞行途中，被人猛吹了一口气，获得了一个短暂的额外动力。不过，现在赛程还没过半，所有的飞船都还没有转换成减速状态。我们现在能肯定的是，苏利耶号会取得优势，但这个优势到底有多大，是否能确保它夺冠，我觉得还很难说。"

主持人："这么说来，咱们的屈原号还是有机会的，希望陆飞宇和杨帆千万要沉住气。感谢孙教授的解答。本台将24 小时滚动播报来自遥远太空的消息……"

10

太阳耀斑喷射出的粒子流就像被太阳随手甩出的一把飞镖，以惊人的速度向着苏利耶号所在的方位飞去。这把"飞镖"若击中苏利耶号，就如同从全速行使的高铁动车上扔出一枚硬币，刚好落入迎面疾驰而来的另一辆高铁动车上的矿泉水瓶中。

现在，不偏不倚，"飞镖"准确地命中了苏利耶号。

"啊！苏利耶，我的太阳神，把你的翅膀张到最大，让我们迎接风暴。"阿米尔陶醉于即将胜利的喜悦之中，忘乎所以地大叫着。

马呢嘘双眼死死盯着中控屏，紧张地微调着太阳帆的角度，不敢有丝毫的松懈："推力正在持续增大，阿米尔，太棒了，我们的太阳帆太棒了。"

"马呢嘘，我现在真想跟你来一杯！"

"哈哈，并且要带有冠军字样的酒杯！"

此时此刻，胜利的天平已经开始向着印度人这边倾斜，传言已久的黑马终于现身了。

11

如果真的要来一杯，太空中或许是不可能了，但在印度的酒吧中，却是可以喝个够的。尤其对于迪让和卡皮尔来说，眼前这个消息足够令他们精神抖擞，近乎醒酒般的清醒，这是胜利的感觉。

迪让猛捶着桌面大笑道："哈哈哈，卡皮尔，你他妈的像个娘们儿，怎么才跟个一万啊？！"

卡皮尔丝毫不生气，反而满脸红光："笑话，你个臭小子差点连一万都不敢买，还敢笑话我？！"当然，他脸上一半的红是为押注即将成功而焕发的神采，另一半的红，则纯粹是拜酒精所赐。

迪让搂着卡皮尔，再次举起酒杯："来吧，为了胜利，干杯！"

"阿米尔万岁！"卡皮尔高呼一声。

两杯相碰，一饮而尽。

12

屈原号上，尽管有一点心理准备，但猜测被证实，陆飞宇和杨帆仍然感到十分震惊。

杨帆："老陆，苏利耶号被神仙吹了口气，咱们该怎么办？"

陆飞宇："还能怎么办？必须启动 B 计划！"

"可 B 计划从未试验过，能行吗？"杨帆反复做着握拳的动作，这是每当他感到紧张时的一个下意识动作。

陆飞宇显然注意到了杨帆的动作："怎么，你怕了？"

杨帆哼了一声，大声说："我杨帆一人吃饱，全家不饿。你见我怕过什么嘛！"

陆飞宇笑了起来："你小子不是最怕上台做报告吗？"

杨帆也轻松地笑了起来："哈哈……那倒是，就这项除外。"

"那还啰唆什么，启动 B 计划！"陆飞宇拍了拍杨帆的肩膀，"开工啦，重新计算航线。"

"可北京还没批准呢。"

陆飞宇又给了杨帆一个笑脸："你只管干你的，打报告是我的事情。"

"是！船长。"

13

比赛已经进行到了第 16 天，不出所有人的意料，苏利耶号凭借着一股强劲的太阳风，几天后就超越了所有的飞船，成为了领头羊，并且第一个逆转了太阳帆的朝向，从加速状态转换到了减速状态。实际上它本可以再晚一点减速，估计是认为自己领先的已经足够多，为了保险起见，提前减速了。

莫斯科号和屈原号相隔 1 万千米左右，几乎是并驾齐驱地跟在苏利耶号的后面。而五月花号与莫斯科号的航线几乎完美重合，美国人落后俄罗斯人不到 2 万千米，其他国家的飞船排成一长串跟在后面，就像一条珍珠项链，已经被甩开了比较大的距离。

莫斯科号的导航员日尔科夫一遍又一遍地核实着所有的

飞行参数，他已经有 10 多个小时没有开口说过一句话了，突然，他打破了沉默："加布洛夫船长，我再次郑重提醒，我们必须在 15 分钟之内减速，否则很可能无法泊入火星轨道。"

加布洛夫红着眼睛命令："坚持到最后一分钟再减速，不到最后一刻，决不放弃。"

小小的驾驶舱中的空气似乎都要凝固了，只有两个人的呼吸声显得异常的响。突然，中控屏上的消息指示图标闪烁了起来。

日尔科夫看了一眼，对加布洛夫说："你母亲的消息。"

"怎么偏偏赶在这个时候给我发消息。"加布洛夫的脸上不由自主地流露出了不悦。不过，他还是点开了消息。

令加布洛夫感到吃惊的是，中控屏上跳出来的画面不是母亲的面孔，而是一个陌生中年男子的脸，从画面的背景可以看得出，此人就在加布洛夫母亲的家中。

"尊敬的加布洛夫船长，我叫伊万诺夫。"视频中的男子开口说了话，"请原谅我为了能发送这条信息，欺骗了您的母亲。我的真实身份是一名航天工程师，我们算是同行，我此刻正陪伴着您的母亲。浪费您一点时间，请看一段我女儿的视频。"

伊万诺夫举起了一台手机，对着摄像头。手机屏幕上的画面顿时占据了整个消息画面。画面中，一个三四岁的金发小女孩正在草地上跑着，十分可爱，她一直边跑边开心地笑着："哈哈哈，爸爸快来啊……你抓不住我……"

伊万诺夫挪开了手机，在摄像头面前，表情显得很痛苦。

"可爱吗？她叫 YoYo，今年 3 岁，她是我生活的全部。可是，她刚刚被确诊得了黏多糖Ⅲ型溶酶体贮积症。您可能第一次听说这个病，请听我解释一下，YoYo 在 3 岁之前都是正常发育，可是，她很快就会忘记我了。从现在开始，她会慢慢失去所有已经获得的能力，包括说话、走路、记忆、理解力甚至是吞咽能力，直到最后连怎么呼吸都会忘记。万幸的是，能够救 YoYo 的唯一一种药物现在有了，在美国能买到，可是，全部治疗费用需要 120 万美元，这远远超出了我的承受能力，我的医保申请也被拒绝了，这个国家抛弃了 YoYo。为了救可怜的 YoYo，我借了高利贷，加上我全部的积蓄，一并在投注站买了您夺冠。加布洛夫船长，您是我唯一的希望。现在的情况下，如果您还采用原计划航行，夺冠的希望非常渺茫。请听我说，我有一个计划，可以让莫斯科号夺冠，所有的轨道参数我全都算好了，您只需要按照我说的做就好。这个计划其实很简单，只要您和日尔科夫中的任何一个人穿上宇航服出舱，离开飞船，同时抛弃一个人的食物，飞船的质量将减少 100 千克，你们就可以推迟减速时间，赶上苏利耶号。五月花号就在你们的后面，它可以成为救援船。加布洛夫船长，我知道，这对于您而言，是一个艰难的决定，但是您没有时间犹豫了，如果莫斯科号赢不了比赛，我将失去 YoYo，您将失去母亲。"

嘀的一声，消息播放结束。中控屏上再次跳出最后减速时间的倒计时指示。

日尔科夫恨恨地说道："这是赤裸裸地威胁，我们应该马上报警！"

加布洛夫立刻摇了摇头说："不行，我相信他说的，一个要挽救自己孩子生命的父亲什么事情都干得出来。"

"还有五分钟，再不减速就来不及了！"日尔科夫提高嗓门再次提醒。

加布洛夫坚定地说了三个字："我出去！"

"你疯了！！！"日尔科夫不敢相信自己的耳朵。

"他说的也不是没有道理，如果我们现在给美国人发求救信号，只要他们不减速，就能在我的氧气耗尽前追上我，然后我和五月花号再寻求国际救援，是有机会生还的。"

"万一怕死的美国人不肯冒险怎么办？"日尔科夫还是觉得这是必死的行为，他尽可能找出更多理由来阻止加布洛夫。

"我就问你，如果换做是你，你会冒险救美国人吗？"

"我……我会。"日尔科夫脸涨得通红。

"那就别再争了，没时间了。我命令你，马上穿上宇航服，减压。"

日尔科夫没有再争论，立即开始穿宇航服。他们是宇航员，接受无数次的严苛训练，就是为了练就用最短的时间做出决策的能力。

穿宇航服、减压、开舱门，这一系列动作一气呵成。他们演练过千百遍，用时每缩短一秒钟，都有可能在危急时刻增加存活的概率。

加布洛夫抓住食物包，毫不犹豫地漂出了驾驶舱，熟练地合上舱门。打开通讯系统，沉着地说："日尔科夫，马上给美国人发求救信号。你按照伊万诺夫给的参数航行，我相信他是对的。我们还会再见面的。"

加布洛夫渐渐地与莫斯科号拉开了距离，成为了漆黑太空中的一粒尘埃，只有头盔中的一盏小灯，像黑夜中的萤火虫，静静地闪烁着。

14

此时的苏利耶号，依然在前往火星的轨道上狂奔。导航员马呢嘘敏锐地发现，他们可能低估了比赛的复杂性。

"不对不对，阿米尔，出么蛾子了。" 马呢嘘的声音夹杂着一丝慌张。

阿米尔也一惊："什么情况？"他明白，在太空中不管大事小事，能让人慌张的肯定就不是什么好事儿。

马呢嘘一边在中控屏上放大着各种参数细节，一边说："屈原号、莫斯科号、五月花号，全都没有减速！"

"什么？他们疯了吗？"身为船长，他无法理解其他的太阳帆船为什么会这么做。但直觉与经验告诉他，太空竞赛不同于地球上的长跑比赛，在太空中，犯一点错就可能意味着死亡，如果所有人都和他反着做，那么十有八九不是别人做错了，而是自己做错了什么。

"你别着急，让我仔细分析下他们的航速。"马呢嘘在触摸屏上快速地点击着各项数据参数选项，主控计算机不停地显示出各种计算结果，"阿米尔，看来，情况有点复杂！从加速度来推算，莫斯科号的质量减少了 100kg，而五月花号的质量增加了 100kg，屈原号的质量没有变化。这什么情况？"

阿米尔皱了皱眉，思考片刻之后，很快就给出了一个答案："我只能想到一个合理的解释，莫斯科号上的一名宇航员转移到了五月花号。这样一来，莫斯科号可以大大推迟减速的时间，而五月花号，不出意外的话，他们要改变航向去最近的太空坞寻求救援了，两个人的氧气给三个人用，他们不可能再继续去火星了。但是屈原号就奇怪了，不知道中国人在搞什么鬼，按照这个速度，他们不可能泊入火星轨道。"

"早知道这样，我们真不应该提前减速。"马呢嘘颇为懊恼。

阿米尔目不转睛地盯着屏幕上闪烁的光点，冷静地说："这世界上不存在早知道的事情，咱们还没输呢，打起精神，比赛还没结束！"

15

国际太阳帆船大赛正在吸引全世界人的目光。比赛出现了戏剧性的变化，莫斯科号的船长加布洛夫出舱，把自己遗弃在了太空中，幸好被紧随而至的五月花号成功救援。整个救援的过程极为惊险，全世界的目光都聚焦到了美国人的这次太空救援行动，短暂地忘记了还在进行着的太阳帆船大赛。当救援成功后，对俄罗斯人的批评声已经像狂潮一样席卷了互联网的每个角落。

由于氧气的关系，五月花号不得不改变航线，飞向最近的太空坞。俄罗斯人这一招可谓是一箭双雕，既减轻了自己的质量，重新追回了印度人取得的优势，又迫使美国人中了这招苦肉计，从而退出了比赛。只是俄罗斯队的这种做法似乎有违公平竞赛的原则，遭到了广泛的批评，俄罗斯国内也出现了很多质疑声。

不过，引起最大关注的还是屈原号，它比预定的时间推迟了 20 个小时才减速。按照目前的速度，屈原号会在抵达火星前超越苏利耶号，但问题是，它的速度太快了，无法被火星的引力捕获。按照比赛规则，只有与火星的距离保持相对恒定，也就是说，屈原号必须成为火星的卫星，才算完成比赛。而屈原号所属的飞航大队拒绝一切采访请求，全世界的人都在猜测中国人的锦囊里到底是何妙计。

16

比赛终于进入到了最后时刻

在苏利耶号的舷窗中，火星已经成为了一个巨大的红色圆面，极地的白色冰盖像一片雪花落在了桌球上，而水手峡谷则像火星脸上的一道刀疤，清晰可见。阿米尔和马呢嘘正在进行最后的冲刺。

"加油，苏利耶，我的神，你一定能行的。" 阿米尔船长也不再掩饰压在肩上的紧迫感，中控屏上，代表飞船的小亮点已经在以肉眼能分辨得出来的速度靠近火星。

马呢嘘正在做着例行汇报："目前距离火星 7 万千米，航速 4.0，一切正常。莫斯科号在我们后方 1000 千米，速度略高于我们，极有可能与我们同时入轨，但它只有一名宇航员，在微操控上，我们会有优势。屈原号的航速超过 6.0，只落后我们 3000 多千米，预计 25 分钟后超过我们。不过它的速度已经超过了火星的第二宇宙速度，如果没有奇迹出现的话，它会飞掠过火星。"

"不对，不对，中国人很聪明，"阿米尔陷入了思考，"我觉得他们或许想到了什么我们没有想到的办法。"

马呢嘘补充到："说实话，我也觉得中国人没有放弃。"

阿米尔猛地转过头，面朝马呢嘘，"马呢嘘，莫非……"他脸上写满了惊叹号，"莫非屈原号想在火星着陆？！"

马呢嘘双手一甩："那不是自杀是什么？"

阿米尔又问："一点可能性都没有吗？"

马呢嘘说："太阳帆船没有绝热层，也没有减速伞，它冲进火星大气层跟一颗流星有什么两样？"

"可是，它不是还有 5.6 平方千米的太阳帆吗？"

"别傻了，阿米尔。太阳帆的厚度还不如蜻蜓的翅膀，怎么可能……"

"你说的都对，但是，别忘了，他们来自一个总在创造奇迹的国度。" 阿米尔喃喃自语。

17

数学法则是主宰宇宙的上帝，一切过去与未来都在它的精确算计中。

与计算机给出的时间分毫不差，25 分钟后，屈原号就像行驶在高速公路上的跑车，呼啸着超越了莫斯科号和苏利耶号，来到了领头羊的位置。陆飞宇和杨帆盯着飞船的中控屏，焦急地等待着来自北京的最后指令。而他们期待的那个消息正以光速从地球向他们飞去。

"老陆，北京的消息来了。" 杨帆目不转睛地盯着屏幕，他兴奋的喊声几乎和消息的提示音同步响起。

王大队长那张可以在任何时候都带给人安心的脸出现在了中控屏上，他的声音是一贯的坚定："屈原号，我现在代表飞航大队正式批准你们的 B 计划申请。请你们放心，孙教授带领团队，经过反复的模拟演练和精密计算，他们对屈原号的性能有充分的信心。我要求你们，胆大心细，严格按照训练程序操作，确保飞船安全着陆火星。我们在火星基地的同志已经做好了所有准备，迎接你们的到达。"

"耶！" 杨帆兴奋地高呼。

陆飞宇听到这个消息，也很兴奋，他按下录制键："屈原号收到，保证完成任务！"伴随着"咻咻"声，屈原号的信息以光速飞向了地球。

杨帆朝陆飞宇眨了眨眼睛说："老陆，你说阿米尔和马呢嘘他们俩这时候在想什么呢？"

"估计是在猜我们是不是想自杀。"

"哈哈，他们一定会说屈原号要是真想在火星着陆，那就会成为火星上空一颗耀眼的流星。老陆，咱们就当一回流星给他们看看。"杨帆爽朗地大笑了起来。

18

"太阳帆船大赛已经进入到了最后阶段，全国人民都在关心，我国的屈原号到底能不能赢得比赛。今天我们再次请来了屈原号的总设计师孙立军教授，由他来解答大家最关心的问题。孙教授，屈原号目前的速度高于火星的环绕速度，全国人民都在关心，它到底有没有办法泊入火星轨道呢？"

这期新闻节目的收视率已经超过了中央电视台的春晚。

孙教授："谁说一定要泊入火星轨道？大家别忘了，按照大赛的规则，只要飞船与火星的距离保持相对恒定，就算抵达终点。大赛的组委会之所以要这样设置规则，是为了促进宇航技术的发展。谁都知道，泊入火星同步轨道是最高效便捷的方法，所以，以往的比赛，没有人会愿意舍易求难，都是争取把飞船泊入火星同步轨道，用最小的代价完成比赛。可是，还有一种抵达终点的方法，那就是——着陆。"

"屈原号有能力在火星着陆？"主持人与其说是在提问，不如说是在和孙教授共同揭晓谜底。

"是的！听上去是很不可思议。但屈原号的太阳帆可以在进入火星大气层时收缩折叠，在驾驶舱外面形成一个绝热保护罩。这还没完，在抵达火星表面上空2万米左右，太阳帆可以再次展开，充当减速伞。这就是屈原号的B计划。此时此刻，屈原号已经开始折叠太阳帆了，但信号需要大约12分钟才能抵达地球，所以，我们会比实际发生的时刻晚12分钟收到消息。"

孙教授的脸上写满了自信——这给人一种错觉，似乎屈原号一开始就打算执行B计划。

19

屈原号已经接近火星大气的最外层，硕大无比的太阳帆开始出现了此起彼伏的波纹，杨帆的双眼充满了血丝，死死地盯着中控屏上那些密密麻麻、飞快跳动的数据。

"5、4、3、2、1，折叠太阳帆！"陆飞宇冷静地念着口令。飞船上的实时通讯系统也已经打开，屈原号上的一切信息都会在 12 分钟后同步到北京的中控屏上。

陆飞宇和杨帆在中控屏幕上娴熟地点击着一个个按钮，配合得丝丝入扣。

4.6 平方千米的太阳帆以一种快速而优雅的方式一层层地收缩，从局部来看，很像是百叶窗的折叠，但层次的丰富程度远超百叶窗。仅仅 5 分钟后，太阳帆已经收缩折叠完毕。

"折叠成功！启动茧化作业。"

茧化是孙教授发明的一个术语，折叠完毕的太阳帆会像蚕茧一样包住驾驶舱，只不过这是一个圆锥形的茧，大头的一面朝着火星大气层，既能起到绝热的作用，也能起到一部分的减速效果。

"茧化完毕。"陆飞宇喊出规定口令。

"10 秒后进入火星大气层。"

"7、6、5、4、3、2、1"

进入火星大气层是整个着陆过程中最为危险的阶段，也被称为"恐怖 7 分钟"。由于太阳帆与火星大气的剧烈摩擦，会在驾驶舱周围形成一种等离子鞘套，通讯完全中断，这就是所有航天器进入大气层的"黑障时刻"。

在这恐怖 7 分钟里，地球上的所有人都会屏息凝神，焦急地等待着遥远太空中传回来的第一声报平安信号。

屈原号就像一颗火流星，冒着巨大的火光冲入了火星大气层，伴随着强烈的抖动。陆飞宇和和杨帆拉下了遮光板，密切注视着中控屏，严格按照操作程序念着中控屏上的各种参数。他们知道，如果他们因为着陆失败而牺牲，这些宝贵的参数就是他们为航天事业做出的最后贡献。因为在着陆的过程中，航天器上的一切设备都有可能损坏，没人知道哪个设备能幸存下来，很可能记录语音信息的黑匣子就是最后的幸存物。

时间一分一秒地过去，陆飞宇和杨帆早就将个人的安危置之度外，他们的脑中只剩下了操作手册。

"再次展开太阳帆！"陆飞宇在准确的时间下达了指令。

不到 10 秒，太阳帆就二次展开，在火星 2 万米的高空形成了一个几百平方米的巨大伞状结构。

"太阳帆二次展开成功！"陆飞宇的语气中第一次露出了欣喜，"打开遮光板。"

火星迷人的红色世界突然在他们面前出现，这是人类历史上第一艘成功利用太阳帆在火星着陆的飞船。

屈原号平稳地降落在了火星地表，远处，一辆印着五星红旗的火星车正朝他们驶来。

"北京，北京，屈原号报告，屈原号报告，B 计划执行成功，我在火星向全国人民问好。"

12 分钟后，陆飞宇沉着雄厚的声音传遍了中国的角角落落。

北京飞控中心响起了经久不息的掌声和欢呼声，年轻的女孩抹着眼泪。

在上海的母女俩紧紧地抱在一起。

小冰："哦耶，妈妈，爸爸赢了，爸爸赢了！"

小冰妈："爸爸好样的！"

全息屏上，新闻主持人的声音响起：

"我国在这次国际太阳帆船大赛中所展示的太阳帆折叠技术，引起了全世界的高度关注，这项技术展示了中国设计和中国制造所达到的新高度。在党的领导下……"

尾声

在孟买的一家酒吧里，迪让和卡皮尔坐在老地方，一直等到苏利耶号和莫斯科号同时泊入火星同步轨道。印度队与俄罗斯队并列亚军，对于首次参赛的印度队，这已经是奇迹了，他们虽败犹荣。

"卡皮尔，我不会怪你的。"

"人算不如天算，不就是一万块钱嘛。"

"为印度干杯！"

伊万诺夫事件公布后，引发了俄罗斯全国激烈的讨论，加布洛夫和他的母亲请求总统赦免伊万诺夫。俄联邦外交部盛赞美国人对加布洛夫船长的救援，美国默克制药公司也宣布将为 YoYo 无偿提供特效药。总理斯莫尔尼科夫应邀与美国国务卿贝特通电话，就共同派遣飞船迎接宇航员回家交换了意见，这是两国领导人 7 年来首次通电话。

时间囚笼

1

　　天马上就要亮了，但王晓天依然没有任何睡意。在上海徐汇区看守所 302 监室生活了 10 个月零 3 天后，今天就要与它说再见了，不，一辈子都别再见了。这是一间仅有 17 平方米的房间，此时地板上整整齐齐地躺满了人，一共是 18 个，任何人只要翻个身，就可能把旁边的人挤醒，当然，会醒的都是刚来不到一个月的"新兵蛋子"，像王晓天这样的"老兵"，早已习惯了这种鼻子贴着别人脚趾头睡觉的方式。

　　每个周二，是看守所往监狱送人的日子。半个月前，年轻白领王晓天因酒后驾车致一人死亡被判犯交通肇事罪，判处两年有期徒刑，今天他将正式被送往监狱服刑。这一天他盼了很久，因为到了监狱以后，他就可以接受家属的探视，能够跟日思夜想的新婚妻子小霞见上面了。法院开庭的时候，王晓天与旁听席上的小霞匆匆对视过一眼，妻子憔悴的面容和关切的眼神令他心如刀绞。

　　早饭过后，管教发了一个大袋子和一件绿色的马夹。王晓天把生活用品装入袋子，脱下橙色的马夹，换上绿色的，与同监室的人握手道别，等着叫号。

　　"30029"，管教在门口喊。

　　"到！"

　　"叫什么名字？"

“王晓天。”

“东西理好了没有？”

“理好了。”

“好，拿好东西，出来。”

管教打开铁门，放王晓天出了监室。

“排好队，跟着我走。”领队的管教大声地发出指令。一队犯人紧跟着管教往外走，脚步带着几分轻快，眼睛都止不住地向外张望。对他们来说，在狭小无窗的监室呆得太久，能出来走动一会儿，看看外面的风景，都是无比幸福的。

验过指纹，身份核对无误后，所有的绿马甲都上了一辆大巴车，每个犯人被送进车上的一个铁笼子，管教逐一上了锁。一个狱警接过管教手上的单子，清点了人数，签了个字，完成了交接手续。管教下了车。王晓天看到管教下车后跟车旁站着的一个穿白大褂的交谈了几句，并且还抬起手向自己这边指了指。那个白大褂此前从来没见过，王晓天心想他好像不是驻所医生。

狱警在车子启动后，拿过一个话筒，朗声说道：

“你们的新生，从这里开始！”

2

　　王晓天从睡梦中睁开眼睛，清晨的光线从窗子外射入眼中，让王晓天的视线逐渐清晰起来。首先映入眼帘的是桌上一张 10 元的人民币。王晓天猛地坐起了身子，朝四周看了看。"我在哪儿？"这是一间 5、6 平米的小屋，一床、一桌、一凳，角落里有一个抽水马桶和一个洗脸池，除此之外，别无他物。

　　"这是什么地方？"王晓天努力在记忆中搜寻着，"我还在服刑吗？"他低头看了看自己的衣服，是一件普通的 T 恤，并不是囚衣。

　　记忆的碎片在脑海中像拼图一样一点一点地拼接起来。

　　大巴驶入监狱大门，厚重漆黑的大铁门在身后慢慢合拢。

　　全身脱光，双手抱头，蹲在地上蛙跳三次，然后接受医生的检查。

　　剃头，穿囚服。

　　王晓天的脑海中像在过小电影。后来发生了什么？王晓天努力回忆着。

　　所有的新犯人排成两排，一个监狱管教手里拿着个 Pad，边看边叫道："王晓天，向前一步。跟我来。"

　　在管教办公室，一张表格放在王晓天面前，表格标题《新刑罚志愿者申请表》。

管教冷冷地说："你被选中，可以有机会志愿参与一项实验，如果你填了表格并签字，你将获得三个月的减刑。当然，你有权利拒绝参与。"

王晓天小心地问："可否告诉我具体是什么样的实验吗？"

管教回答："对不起，这是保密的，因为这也是实验的一部分。"

王晓天低头想了想，三个月的减刑对他的诱惑实在很大，这意味着可以提早三个月跟小霞团聚。

"我只有一个问题，这项实验会不会有生命危险或者对我的身体造成不可逆的生理损害？"

管教突然露出一个怪异的笑容，从牙齿中挤出一句话："你的身体条件达到了我们的要求，所以，绝对不会。"

王晓天心一横，飞速地在表格上填写起来，最后签名按下手印。

王晓天被带到一个房间，中间摆着一把形状奇特的靠背椅，但看上去十分舒适。管教示意王晓天坐上去。

一个穿白大褂的走了出来，递给王晓天一杯水和一片药片，命令道："吃下去。"王晓天发现他就是刚才站在车外的那个白大褂。

记忆的碎片到此全部拼接完成。王晓天望着手里的 10 元钱，呆呆地出神。"这就是实验吗？"

走到窗下，他抬头看了一眼高高在上的气窗，能看到蓝天，但窗子实在太高，踩在椅子上也不可能够得着。

在看守所中生活了十个月，身处密室般的狭小空间，王晓天觉得现在这个房间的条件好了几个档次，他只是暗自奇怪为什么这里只有他一个人,这里是禁闭室吗?

隔了好一会儿,他突然发现一样奇怪的东西。

房间的门上有一个圆形的把手。监室的门从来都是只能从外向里开的,这个房间的门居然在里面有一个把手,这怎么可能!？难道……王晓天为自己滑稽的想法感到可笑,为了证实自己的想法有多可笑,他快步走到门口,捏住把手,一转,一推,门居然开了。

王晓天吓了一大跳,这怎么可能,监室的门是可以打开的吗?但门千真万确地开了。

一阵清风扑面而来,强烈的光线使得王晓天眯起了眼睛,他需要一点时间慢慢适应亮度的剧烈变化。

终于看清了,王晓天面对的是一条破旧但充满自由气息的小街道,眼前的景象让王晓天仿佛经历了一次时间旅行,回到了自己童年生长的那个城郊小镇。几秒钟前,当王晓天推开门的那一刹那,他脑子里设想过很多电影里看到过的稀奇古怪的景象,但万万也没有想到会是眼前的这番景象。

这到底是怎么回事?在我身上发生了什么?我刚才的记忆到底是真的还是假的?

王晓天有点恍惚地走在小街上。四米宽的柏油路上没有车辆,只有一些行人,穿着很普通,没有人注意到王晓天,似乎王晓天的出现是一件稀松平常的事情。现在是清晨,路边有个早点摊,在卖着豆浆、油条、烧饼。王晓天咽了一口口水,他已经吃了十多个月牢饭了,油条的香气是他无法抗拒的诱惑。一阵饥饿向他袭来。他捏紧了手里的钱,走过去,在长条凳子上坐了下来,鼓足勇气说道:

"一碗豆浆，两根油条。"

炸油条的老板娘眼皮都没抬一下，冲着里面喊道："豆浆一碗。"不一会儿，一个小姑娘端了一碗泛着酱油色的豆浆放到王晓天面前，碗刚落下，老板娘便夹着两根刚出锅的油条放在了豆浆碗上。

美食的强大力量暂时压住了王晓天的所有好奇心，不管三七二十一，先吃了再说。豆浆、油条的制作水平都相当一般，但王晓天吃在嘴里犹如人间美味。

他抹了抹油嘴，问："多少钱？"

"一共两元。"

王晓天递过去 10 元钱，老板娘找回了 8 元。在接过钱的时候，王晓天小心地问道："请问这是哪儿？"

老板娘一愣，似乎没听懂："你说啥？"

"这是什么地方，我忘了。"王晓天依旧小心地问道。

"白龙桥啊！你哪来的？"

"白龙桥？白龙桥是哪个省哪个市的？"

"我不懂，白龙桥就是白龙桥。"老板娘忙着炸油条，又有客人来了。

王晓天对自己说："不急，别乱，既然是自由的，不怕搞不清楚状况。"他起身继续走在小街上。

眼前的景物让王晓天推测这里应该是西北某个城市郊区的一个很小的农村小镇，没有任何机动车，自行车也难得见到一辆。

小街不长，总共不超过 1 千米，很快就走到了头，再往前就是贫瘠的土地了，大片起伏的土黄色小丘中间偶尔有一小块菜地。王晓天掉头往回走，他惊喜地发现了一个报亭，正在开门营业。说是报亭，其实只是一个简易的窝棚，如果不是有人支起木板垒放报纸，王晓天是不会想到这是一个报亭的。

"多少钱一份？"王晓天快步上前问道。

卖报老汉伸出一只手说："5 毛。"

王晓天立刻买了一份报纸，迫不及待地看了起来。

2014 年 5 月 21 日，《人民日报》。

"我的记忆是对的，我是 5 月 20 日早上去的监狱，下午吃的药片。今天是第二天。难道我是连夜被送过来的？"

头版新闻是亚信会议在上海闭幕。

"我不是在做梦，亚信会议是 20 到 21 日，昨天早上在看守所起床的时候还听到新闻呢。"

报纸一共 8 版，就是一份普通的报纸，与王晓天十个多月来几乎天天阅读的报纸没有任何区别。

"这到底是一项什么实验？难道就是把我流放到大西北的一个边陲小镇，让我自由生活一年多吗？不怕我跑回去吗？这样坐牢也未免太舒服了吧！"

一个又一个的念头涌了上来，王晓天开始激动起来，他此时最想找个电话，与小霞联络。但是，这个小镇上没有人用手机，也没有电话亭，甚至没有人明白王晓天在找什么东西。这个现象让王晓天充满了疑惑。这个小镇看上去是很闭塞、落后，但怎么也不应该没有人知道电话啊。

忙碌了一上午，在这条小街已经来来回回走了五六趟，王晓天对它已经相当熟悉了，哪儿有面馆，哪儿有杂货店、早点摊，王晓天全都了如指掌。到了中午，王晓天花了 4 元钱吃了碗牛肉面，很香。

在往回走的路上，他回忆起一上午的经历，越想越觉得诡异，肯定有什么地方不对劲，但又一下子说不出具体是哪里。每个人似乎都表现得很正常，各自忙着自己的事情，但为什么对他这样一个突然出现的异乡人，竟没有表现出丝毫的惊讶或好奇呢？他存在着，仿佛又不存在着，没有一个人主动与他交流，甚至多看一眼。他们就像是……就像是网络游戏里的 NPC（Non-Player Character 的缩写，指的是游戏中不受玩家操纵的游戏角色），只有当王晓天主动上去交流时，他们才理会他。

想着想着，王晓天后脖颈竟生出丝丝的寒意，他突然想起了自己曾经看过的一部美国大片《楚门的世界》。主人公楚门生活在一个巨型的人工布景中，除了他自己，生活中的每一个人全都是演员，而楚门并不知情。"难道"，王晓天打了个寒颤，"我也来到了一个楚门的世界中吗？"

就在这时，原本空荡荡的大街上一辆小轿车飞驰而来，还没等王晓天反应过来怎么回事。伴随着一声尖利的刹车声和一声沉闷的撞击声，王晓天整个人都被小轿车撞飞了出去。

3

"我国目前《刑法》中规定的刑罚一共有三种：生命刑、自由刑和政治权利刑。从历史大趋势来看，生命刑，也就是我们常说的死刑迟早是会被废止的，我国目前处于慎用阶段。而剥夺政治权利的刑罚是属于附加刑罚，不单独施加。因此，在司法实践中普遍采用的刑罚其实只有一种——自由刑，也就是我们常说的有期徒刑。"刘杰博士说到这里，停顿了一下，喝了口水，用眼神与听众交流了一下。

这是全国人大法工委的一次扩大会议，与会者中有许多人并非专业的法律工作者，因而刘杰尽可能多加一些解释。他是新刑罚设计领导小组的常务副组长，项目的带头人。

"在多年的司法实践中，我们发现自由刑作为一种延续了几千年的基本刑罚，被全世界普遍采用，当然有其不可替代的合理性。但也不可避免地伴随着一些缺陷，主要有以下几方面：一，消耗的社会资源较大。为了关押犯人，需要建设监狱，配备警力。二，会产生越狱风险。三，容易滋生腐败和权钱交易，形成"软越狱"。四，监狱的人权状况容易失控。还有一点，可能大多数人都会忽略，那就是自由刑往往会隐性惩罚无辜的人，也就是犯人的亲人、家属，这是另一种形式的株连九族。一个犯人在被剥夺自由的同时，他（她）的配偶、子女、父母往往会承受比犯人更大的心理痛苦，更有些犯人可能是家中唯一的经济来源，一旦被关押，一家人都将衣食无着。曾经就出现过丈夫被判刑后，妻儿双双自杀的极端案例。考虑到以上的这些缺陷，人类也曾设计过各种其他类型的刑罚，例如流放、致残、刺青、生理疼痛等，新加坡至今还保留鞭刑。

"我们回到自由刑上。从本质上说，这种刑罚是一种空间上的禁锢，在一个限定的空间内，对犯人实施强制管制一段时间。因此，更准确地说，自由刑是一种空间刑。那么，沿着这个本质思考，我们是否可以设计出另一种刑罚，那就是——时间刑。"

刘杰博士的最后三个字引发了会场上的一阵窃窃私语，有很多人脸上露出了好奇的表情。

4

"啊——"王晓天猛地睁开眼睛，环顾四周，大口地喘着气。

"还好，是个噩梦。"王晓天喃喃自语。

清晨的光线从窗子外射入他的眼中，视线逐渐清晰起来。首先映入眼帘的是桌上一张 10 元的人民币。

"见鬼了，怎么和梦里的一模一样？"王晓天看着眼前的景物，那个噩梦变得越来越清晰。他再次拉开门，走了出去。

　　清晨的街道与前一天没有两样，还是那个早点摊。王晓天走到之前吃油条的摊位上，依然是那个端豆浆的小姑娘和炸油条的老板娘。他朝忙碌的老板娘笑了笑说："我又来了，和昨天一样。"

　　出乎意料的是，老板娘抬头看了王晓天一眼，说："啥昨天一样，你昨天啥时候来过？吃什么你直接讲嘛。"王晓天一愣，心想，老板娘记性真不怎样。

　　喝完豆浆，吃完油条，付了钱，王晓天朝报亭走去。掏出一元钱递给卖报老汉，王晓天友好地说："我又来买报纸了。"老汉接过钱，拿过一份报纸和一个 5 角的硬币递给王晓天，对王晓天表现出的友善视若无睹。那种在网络游戏中点击 NPC 的诡异感觉再次在王晓天心底升起。

　　拿起报纸，才看了一眼就发现不对，王晓天把报纸递回给老汉："拿错了，这是昨天的报纸。"

　　"这就是今天的报纸，没错。"老汉有点不耐烦。

　　王晓天苦笑了一下，心想这老汉真糊涂，于是耐着性子说："今天是 22 号，这报纸是 21 号的。"

　　老汉瞪了王晓天一眼："今天就是 21 号。"

　　王晓天觉得又好气又好笑："大爷，这张报纸我昨天就看过了，头条是亚信会议闭幕，社会新闻有一条是车祸致二死一伤的新闻。"

　　老汉对王晓天翻了个白眼："今天的报纸就是这个，你要不要？不要我退钱给你。"口气已经透出了厌烦。

　　王晓天心中疑惑起来，但没法再问什么，只得拿过报纸往回走。

路过刚才那个早点摊，王晓天看到了那个端豆浆的小姑娘，他心里念头一起，停下脚步向小姑娘问道："你还记得我昨天来喝过豆浆吗？喏，就坐在那里。"小姑娘看看王晓天，摇摇头说："没有，昨天没见过你。"

　　王晓天一呆，强烈的诡异感瞬间传遍全身。他突然撒足狂奔起来，跑进昨天吃面的小面馆，大声问道："我昨天来这里吃了一碗牛肉面，有谁还记得？"此时小面馆里有五六个正在吃面的，像是没听到王晓天的声音，另外还有两个正在坐等的，只是瞥了他一眼，又把头转回去了。王晓天冲到老板的小柜台旁，急促地问他："你还记得我吗？"老板只是摇摇头，转身忙自己的去了，不再理他。

　　一股寒意从脚底板直冲到头顶，王晓天似乎明白了什么，但又似乎什么也不明白。他想离开这个诡异的小镇，一分钟也不想呆下去了。这是什么鬼实验！不是自己疯了，就是这里所有的人全疯了！他开始拔足狂奔，朝着街的尽头一直跑，很快就跑到了郊外，看不到人迹了，路也越来越窄，最后，脚下的路彻底消失在高低起伏的小山丘中。王晓天跑不动了，但他不想停下来，他再也不想回到那个不像是有"真人"的地方去了。

　　天色渐渐黑了下来，王晓天的脚底走出了水泡，又渴又饿，实在走不动了，他一屁股坐在了地上，背靠着一个土堆呼呼地喘气，脑子乱得像一团麻。这到底是一项什么鬼实验？我该怎么离开这个鬼地方？我宁可回去蹲监狱！还能早点见到小霞！

　　拖着疲惫的脚步，王晓天往回走。在王晓天的眼里，残阳如血，小镇上的每个人依旧像 NPC 一样透着诡异的气息。王晓天低头走路，他甚至不敢与迎面走来的人对视,他觉得这些人不像是活人。

然后,一阵凄厉的刹车声再次打破了小镇的宁静。王晓天抬头看到的最后一幕是冲向他的车大灯。

"砰——"

小轿车把王晓天撞飞了出去,他的身体在地上滚了几下,双腿抽搐着。人群围了上来,看着倒在血泊中的王晓天。

5

刘杰博士示意大家安静,他继续说道:

"时间刑与空间刑正好相反,犯人被禁锢在一个有限的时间中,而不是一个有限的空间中。我解释得更具体一点,犯人在服刑期间会在一个感觉上较为自由的空间内反复地度过同一天,刑期一年就会重复生活 365 个相同的日子,而在真实的世界中只经过一天。换句话说,对于犯人的家属来讲,犯人的刑期再长,他们也只被关押了一天。当然,这个真实的天数和重复的天数在理论上都是可以调节的。这种时间刑解决了空间刑的所有缺陷,节约了大量的社会资源,也可以把对家属造成的痛苦降到最低。现在唯一还没有确定的是对犯人本身的惩罚力度是否恰当,过低则失去了刑罚的意义,过高则有可能使得犯人的心理伤害超越人道的界限。比如我们可以让一个盗窃犯反复体会自己被盗的感觉，让一个交通肇事犯反复体会自己被车撞的感觉，让一个故意伤害犯反复体会自己被殴打的感觉，甚至让一个杀人犯反复体会自己被杀的感觉，等等。这也是我们目前正在努力研究的课题。"

会场上有人忍不住大声问道："刘博士，这个听上去实在太科幻了，技术上难道真能实现吗？"

刘杰微微一笑，回应道："我知道很多人都会有这个疑问，我前面说的一切都不像是今天的技术，虽然爱因斯坦早在 100 多年前就从理论上证明了时间的相对性，但以今天的物理学要禁锢时间，显然像是一个笑谈。不过，我们确实有办法可以实现。我们的方法是——"

说到这里，刘杰停顿了一下，有意要卖个关子。会场彻底安静了下来，刘杰拉长声音朗声说了两个字："造——梦——"

6

王晓天再次从"噩梦"中睁开眼睛，清晨的光线从窗子外射入眼中，让王晓天的视线逐渐清晰起来。首先映入眼帘的是桌上一张 10 元的人民币。王晓天猛地坐起了身子，朝四周看了看，感觉既真实又虚幻。

身体上的疲倦感已经消失了，但昨晚经历过的孤独、恐惧和无助的情绪依然牢牢地抓住王晓天。他在房间中坐了很久，饥饿感在一点点增加。"我可能掉进了一个时间循环中。"王晓天脑子里冒出了这样一个想法，但又觉得这种想法太过疯狂。良久，王晓天终于鼓足勇气推开门，走了出去。

早点摊、报亭、面馆、杂货店……所有的一切，包括每个人所处的位置，所做的动作，都和昨天一样。报纸也还是"昨天"的那张报纸。

尽管已经小心翼翼，他还是没能逃过惨烈的车祸，小轿车像幽灵一般突然出现。

只是，这一次，有人听到，倒在血泊中的王晓天轻轻地说了一句："放我出去！"

7

刘杰博士穿着白大褂，和几个助手及记者站在 30029 号犯人的造梦椅边上。犯人安静地躺在宽大的椅子上，太阳穴、手腕、脚腕、心脏等处都连着电极。刘杰手中的 Pad 上正显示着王晓天的正面照片，边上是跳动的各种参数：血压、心跳、呼吸、电阻等，右上角醒目地显示着两个指标：

轮回次数

221

剩余次数

106

刘杰对边上的助手说："目前来看各项生理指标基本都正常，心电图似乎有一点波动，有情况及时报告。"

"明白。"

这时，旁边的一位记者发问道："刘博士，我有一个问题想请教。"

刘杰："请讲。"

记者："犯人在经历时间刑的过程中，有没有办法自主苏醒过来呢？"

刘杰回答道："理论上只有一种办法：自杀。但犯人并不知道自己是在做梦，他们有百分之一百的真实感。所以，如果犯人自杀，说明其承受的痛苦已经超出了心理极限，这正是我们要着重研究的一个方面。"

在造梦椅上，王晓天的胸口有规律地起伏着。

他的眼皮突然轻轻跳动了一下。

后 记

　　本文首次刊载于国内优秀的科幻小说期刊《科幻立方》（2017 年第 3 期）。这篇小说实际上是我在 2013 年创作的。我记得当时写完以后，有朋友看了说题材和柳文扬先生在 2001 年创作的《一日囚》相似。我立即去找了《一日囚》来看，发现果然在题材上撞车了（虽然小说在情节上差别很大）。我当时就很泄气，因为科幻小说作家都特别怕题材撞车。因此我就把这篇小说束之高阁，没有去投稿。接着，我很快发现，类似的题材实际上早在 1993 年美国上映的《土拨鼠之日》就有了。这还没完，我很快又发现，如果再往上追溯的话，科幻作家 Richard A. Lupoff 于 1973 年创作的短篇小说《12:01 PM》就已经写了这个时间循环的题材。2014年，好莱坞大片《明日边缘》上映，也是时间不停循环的设定。2016 年一个偶然的机会，我读到了《科幻立方》的创刊号，突然想起了自己的这篇旧作。当时的心理包袱已经放下了，因为时间循环这个设定就好像时空穿越的设定一样，并不是属于任何人的独家设定，关键还是看作品本身所传递的内涵是不是有独特之处。所以我就把这篇稿件投给了《科幻立方》，这才有了幸运获得第十八届百花文学奖的后续。

　　虽然这个题材并不新鲜，但我所写的与前面提到的那些作品相比，还是有一些自己的独特之处。比如，可能与我自己是个职业的科普作家有关，我无法接受在一篇科幻小说中，对超自然现象不给出一个合理的解释。像《一日囚》《土拨鼠之日》，都没有对时间循环的原因做出解释；而《明日边缘》则简单地归因于外星科技，这几乎跟没有解释一样；但我给出了一个不违反人类已知的物理定律的科学解释。

再比如，我这篇作品有很强的现实意义，我希望读者通过我的这部作品能够关注到一个非常弱势的人群——服刑人员，以及服刑人员的家属，同时能够思考一个或许绝大多数普通人并不会思考的问题：刑罚的根本目的是什么？人类能不能设计出更加合理的刑罚？这些问题其实都有现实意义。而我的小说中，除了那个科幻的设定外，其他所有情节都有真实原型作为基础，并不是出自我的想象。

我个人的一点浅见是：任何优秀的文学作品都应该具备现实意义，而不仅仅是为了体现人类编故事的能力，科幻文学也不例外，没有现实意义的文学是缺乏灵魂的。

天眼之战

汪若山

公元 2016 年，中国贵州，南州平塘县，全世界最大单口径的射电天文望远镜"中国天眼"正式启用。经过整整12 年的建设，"中国天眼"终于将在今天正式启用。这台超级射电望远镜其实就是把一个巨大的天然山谷规整成一个标准的锅型，它的表面积足足有 70 个足球场那么大，它巨型的抛物面上贴了 102 万片纯铝片。在天宫一号上也能用肉眼看到这口全球最大的"铝锅"所反射的光芒，它毫无疑问将成为 21 世纪人类最伟大的工程之一。

天眼的建成是全球天文界的一件盛事，同时也是全球SETI（地外文明搜寻）爱好者的盛事，因为天眼一下子把人类寻找外星人的能力提高了 50 倍。

汪若山博士，42 岁，天眼 SETI 项目的首席科学家，毕业于美国康奈尔大学的射电天文学专业，师从美国最著名的射电天文学家法兰克·德雷克，曾经在美国阿雷西博射电天文台工作过 5 年。他在 30 岁时以一篇《系外行星大气层的射电天文实证》的论文引起了全世界同行的关注，在这篇论文中他首次提出了一套利用大型射电天文望远镜观测到系外行星大气存在证据的方法，以及如何分析大气成分的方法。

汪若山从小就是一个外星人迷，喜欢看与外星人有关的一切书籍和电影，特别是投在了导师德雷克门下攻读研究生后，受大师德雷克的影响，对寻找外星人就更加痴迷了。

能够成为天眼射电望远镜的 SETI 项目负责人是汪若山这辈子最大的梦想，为了竞争到这个职位，他付出了大量的努力。不但在学术上要能够通过严苛的考核，在心理素质上也必须通过极为复杂的审查流程。心理素质的考验其实是对汪若山在信念上的一次全面考核。

这是因为经过半个多世纪的大辩论，最终反 METI 派（给外星人主动发射信息的方法被称为 Message to the Extra Terrestrial Intelligence，简称 METI，也可以称之为"主动 SETI"）占据了绝对上风。他们推动 IAU（International Astronomical Union，国际天文学联合会）通过了 SETI 国际公约，禁止一切未经授权的 METI 行为。

而掌握了像天眼这样的大型射电天文望远镜控制密钥的人被 IAU 称为"信使"，"信使"必须在信念上完全支持 SETI 国际公约。而汪若山则是所有"信使"中安全级别要求最高的，因为他所掌握的天眼的综合性能是排名第二的阿雷西博的 50 倍。

IAU 为了防止误操作或者"信使"的心理失控，制定了一整套极为严格的流程来限制天眼对外发射信息，流程之复杂、规定之严格，不亚于核大国启动对他国全面核打击的流程。

然而，这个世界上只有两个人知道汪若山其实在内心深处是一个坚定的 METI 拥护者，一个是他的导师德雷克教授，另一个则是汪若山自己。

德雷克

　　此时的汪若山正坐在自己的办公室中打开平板电脑，一封带有 IAU 标志的加密公函正提示他阅读。打开之后，首先跃入眼帘的是美国国家航空航天局 NASA 的蓝色标志。汪若山心念一动，他知道，这或许就是他期待已久的那封邮件。

　　汪若山打开邮件阅读了起来，没错，这正是他精心计算了五年之久的那个启动计划的关键邮件。他知道这封邮件迟早会来，但是真当它出现的这一刻，他依然忍不住紧张了起来，手心中全是汗。

　　这是一封 NASA 通过 IAU 转发过来的希望取得天眼帮助的正式公函，信的内容很简短：

　　尊敬的汪若山博士：

　　我们在 1977 年发射的旅行者 1 号探测器已经到达电力的极限，我们所有的射电望远镜能够发射的信号功率都已经达不到它能接收的信号功率下限。我们希望取得天眼的帮助，替我们向旅行者 1 号发送必要的指令。

　　谢谢。

NASA

　　汪若山把这封邮件读了好几遍，这是一封意料之中的邮件。此时，他陷入到了一种极为复杂的情绪之中，6 年前的往事重新浮现在他脑海中。

6 年前，在德雷克教授的家中，汪若山与老教授有过一次长谈。

已经 80 多岁高龄的德雷克教授精神依然矍铄，在天文界也仍然活跃。作为 SETI 事业的奠基人，德雷克在 20 世纪 60 年代提出的外星文明与地球文明接触可能性的估算公式影响深远。

汪若山敬重老教授如同对待自己的父亲，师生二人有着相当深厚的感情，这次时隔多年再次相见，自然有许多话要讲。但很快，三句话不离本行，俩人又谈起了外星文明的话题。

汪若山说："教授，这里只有我们俩人，我很想问您个私人问题。"

德雷克抬抬手："但说无妨。"

"40 年前，在您的主持下，人类朝武仙座 M13 球状星团发射了阿雷西博信息，您现在有没有一点后悔呢？"

"你希望我后悔吗，若山？"

"教授，我也知道这是个伪命题，再去谈后悔不后悔已经毫无意义。我只是想知道这么多年来您的观点是否有了变化。"

德雷克微笑了一下："有变化。但恐怕要让你失望了，我比 40 年前更加感到 METI 的迫切，而不是后悔。"

汪若山问："为什么？"

德雷克反问道："你觉得一个落水的孩子靠自己的力量能获救吗？"

"很难。"

"是的，想要自己学会游泳而获救，很难，他需要别人的帮助。

这 40 年来，我没有看到人类在一点点学会游泳，恰恰相反，我们越陷越深。仅仅 40 年，森林减少了一半，而沙漠增加了一倍，越来越多的国家拥有了毁灭世界的核武器，世界灭绝的核按钮从 2 个增加到了 8 个，温室效应已经导致全球的气温升高了 2 度，干净的饮用水源减少了 30%，还要我再说下去吗？"

汪若山叹了口气："这些确实是令人痛心的事实，但外星文明就一定能成为人类的救世主吗？"

"我不知道，正如你也不知道人类是否一定能自己学会游泳一样，我们都不知道。我只知道这个世界在越变越糟糕，我们总该为此做点什么吧？"

"但 METI 的后果可能成为人类的灭顶之灾，至少风险是存在的，我们值得去冒这个险吗？"

德雷克看着汪若山，缓缓说道："孩子，我坚信一个能够跨越恒星际空间到达地球的文明，至少是一个彻底解决了能源问题的 II 类文明，我们在他们眼中只是宇宙动物园中的一头珍稀动物，我实在想不出一个 II 类或者 III 类文明去灭绝宇宙间如此稀有罕见的生命的理由。是的，我确实给不出证据，但这无关证据，这是我的信仰。人类文明是一个已经落水的孩子，我们应当大声疾呼'Help！'"

汪若山突然显得有点激动："教授，我想告诉您一个秘密。"

"什么秘密？"

"我也是一个坚定的 METI 拥护者，但是我从来没有对外界暴露这一点，因为我决定要去竞争'信使'。"

德雷克显得有点吃惊："若山，一直以来，你都是以一个反

METI 者的形象出现，你是怎么突然转变的？"

"教授，实不相瞒，我的观点早在跟您读研究生期间就形成了，但我一直把自己扮演成一个反 METI 者，那是因为我有更长远的考虑，我需要寻找实现自己梦想的机会。"

"我感到非常意外，那么你又是怎么看待那些对 METI 的普遍质疑的？"

"虽然我跟您一样，支持 METI，但是，我跟您的理由却很不一样。我承认 METI 的风险，但在我看来，METI 是现在人类文明能够给自己在宇宙中留下一点足迹的唯一方式。换句话说，我想建立一个太空中的地球文明博物馆。"

德雷克这次是真的吃惊到了，他望着汪若山："实在想不到，你竟然有这样的想法？"

汪若山站起身走到窗前，望着绿树掩映中的碧蓝天空，侃侃说道："这个宇宙中，有生就有死，文明也不能例外。地球文明在浩瀚的宇宙中如同一颗小小的火苗，只需要小小的一口气，就会被熄灭。我们面临来自宇宙的危险，也面临来自人类自身的危险。我不知道人类文明还能存在多久，但我希望我们这个在宇宙中或许仅仅是幼稚的婴儿文明也能留下存在过的痕迹。以我们现在的科技，想在地球上保存 100 万年以上信息的方式只有一种，那就是石刻，而 100 万年对宇宙来说实在是太短暂的一瞬，想要建立一座真正的人类文明纪念碑，我们必须把目光投向太空。"

德雷克："先驱者 10 号和 11 号、旅行者 1 号和 2 号，都已经把人类文明的痕迹带向了茫茫太空。"

汪若山回过头笑了一下，接着说道："教授，我们不需要自己欺骗自己。人类的探测器哪怕在最理想的状态下，也至少需要 2 万年才能在真正意义上飞出太阳系，而要飞到下一个恒星系至少也需要十几万年。如果遇到星际尘埃——这几乎是肯定的，探测器的速度会被逐渐降为零，最后只不过成为太阳附近被尘埃包裹着、停滞不前的一块金属垃圾而已。或者，它的命运也逃不过被恒星或者黑洞俘获，永远地消失掉。这就好像人类在海边扔出一颗石子就以为石子会自动漂洋过海了一样。而我要用无线电波载着人类文明的信息，在宇宙中回荡，永久地保存下去。"

　　德雷克点点头说："不可否认，你的这个想法很有意思。虽然从理论上来说，无线电波永远不会真正地消失掉，它们会在宇宙的虚空中无休止地传播出去，但是无线电波会扩散和衰减，恐怕不会像你想象得那样乐观。几十万甚至几百万年以后，它会微弱到不可能被其他文明所捕获。退一步说，即使有那种级别的文明存在，地球自发明无线电波以来，无数电台、电视的无线电信号已经在宇宙中扩散出去了。"

　　"有所不同，教授。我最近的一项研究已经从理论模型上证实，如果把一束特定频率的无线电波朝一颗恒星发射，只要功率达到一个阀值，这颗恒星就如同射电望远镜阵列中的一个，将会转发这束电波。于是，宇宙中的恒星就像一个个的中继站，会形成链式反应，电波将在恒星之间被不断地转发，人类文明的信息将被永久地保存在这束穿行于宇宙的电波中，直到宇宙消失的那天。并且最有意思的是，经过我的计算，电波会先在银河系中随机地穿行，平均每 1000 年左右就会被一颗恒星阻挡，从而被转发改变路径，就好像是在台球桌上的一个台球被撞向另一个方向，在这个过程中有一万分之一的机会直接飞出银河系，传播到下一个星系中。打个简单但是形象的比喻，这束电波中的人类文明纪念馆将在宇宙中遨游，在每个星系停留 1000 万年左右，中途再经过 200 万年左右的旅行到达下一个星系。但我的这项研究成果并未对外公布，IAU 也不可能支持我的设想。"

德雷克听完汪若山的话，沉默了良久，说："我会为你保守这个秘密。"

方涵

汪若山的回忆被一阵敲门声打断。

"请进！"汪若山说。

推门进来的是一位年轻的女性，一头干练的短发，匀称的身材，显得非常健康而有活力。

她是汪若山带的博士后研究生兼行政助理，叫方涵，今年刚过 30 岁，但看上去就像 20 出头，她保持青春的秘诀经常挂在嘴边："没什么神奇的，每天蛋奶素加运动，你也能跟我一样。"

方涵一进门便对汪若山说："老板，IAU 那边来电话了，让我来问问你 NASA 的求助函收到没？老外好像挺着急的。

老板，什么事啊？"

汪若山："NASA 想请求天眼接管旅行者 1 号的测控，我会马上回复 IAU，我个人没意见，很乐意承接这个工作，但还需要上级批复一下。你要知道，启动天眼的大功率定向发射不是我一个人就能决定的。刚好，你替我打一份报告给中科院的领导，把情况说明下，争取领导的同意。别忘了把正面积极意义写得高一点，大一点。"

方涵："收到，老板。这个我擅长，你放心好了，我很擅长从社会影响以及国防大计两个角度，同时论证这个项目的深远意义。"

汪若山冲方涵笑了下，这个年过三十但总是脱不了大学生气息的女孩很会讨老板高兴。

方涵说了声"先闪了"，迅速地消失在门后。

一周后，中科院批复下来了，正式同意该合作项目。很快，经过中美双方协商，该项目被正式命名为"握手计划"。喻示着两层含义，一是表示中美两国在深空探索领域首次握手合作，二是表示天眼和旅行者 1 号的首次握手。

此外，上级正式任命汪若山为握手计划的中方负责人，任命方涵为握手计划的首席联络官及新闻发言人。

任命下达后，汪若山和方涵两个人都各自奔忙起来。初看起来，这仅仅是对美国人在 40 多年前发射的一颗小小探测器的深空测控，但其实这里面涉及无数复杂的问题，有技术方面的，也有政治方面的。

旅行者 1 号是离地球距离最遥远的一颗人造物体，而天眼则是地球上最大的一台"发报机"，中美这两个超级大国在太空科学领域又是第一次正式合作，这许多个"第一"给握手计划披上了多层不同的外衣，也引发了各国媒体的高度关注。

　　方涵在私下的联络交际场合就像一只百灵鸟一样活泼机灵，但是一到正式的媒体新闻发布场合，她穿上职业装，就像突然换了个人一样，变得稳重和谨慎。汪若山对方涵的表现始终感到满意。

握手

　　在握手计划正式启动的一个月后，在多方的努力下，终于一切准备就绪，今天天眼和旅行者 1 号开始第一次正式握手。

　　在正式握手前，会有个简短的仪式，来自中美双方的官员和 IAU 的高级代表均到现场参加仪式。

　　NASA 代表将旅行者 1 号的指令解密芯片正式移交给汪若山博士，意味着旅行者 1 号的测控权限正式移交给天眼。根据合作协议，汪若山也将天眼信息监控通道的钥匙芯片交由 NASA 的代表，从此 NASA 也可以实时共享天眼收到的来自旅行者 1 号发回的信息。

　　汪若山将芯片插入主控电脑，沉着地发出口述指令：

　　"天眼朝向，赤经，17 时 30 分 21 秒，赤纬，正 12 度43 分。"

天眼向旅行者 1 号发射指令

操作员回复："已就绪"。

"1号机位开机。"

"正常。"

"2号机位开机。"

"正常。"

"指令校验。"

"通过。"

"发射！"

"已发射。"

汪若山转身朝方涵示意，她可以发言了。

方涵对所有现场观摩的官员说："请各位领导和同行们先回去休息。旅行者1号目前距离地球153个天文单位，天眼的指令将在20小时27分钟后到达。再经过同样的时间，我们可以接收到旅行者1号的反馈信息，也就是说，第一次中美太空握手成功的消息将在40小时54分钟后向全世界宣布。"

现场响起了掌声，随后，人群渐渐散去。

汪若山对方涵说："方涵，你也去休息吧，这几天可把你累坏了，我还要花点时间把所有的参数和指令数据再核对一遍。"

方涵："老板，那我可就不客气啦，我这绷紧的弦总算可以松一下了，明天见。"说完，方涵做了一个夸张的打哈欠动作，然后朝汪若山做了个鬼脸，转身就跑了。

汪若山微笑着看着方涵转身离去，随即一下子收住了笑容，转而带着一副非常严肃的表情坐回了主控电脑的旁边。

这是汪若山实施自己精心策划了 5 年多的计划的绝佳窗口期，在今天这样一个特殊的日子里，天眼会在接下来的 40 多个小时中始终处于热机状态，而 IAU 的代表和中美两国的官员都会忙于接受新闻媒体的采访。

在这段时间里，根据预定的计划，汪若山的操控权限会临时提高到 6 级最高权限，以应对第一次测控中随时可能出现的突发情况，第一次握手成功后，汪若山的操控级别就会降回到 5 级。

汪若山娴熟地操控着主控电脑，在输入了一连串的长口令后，汪若山调出了一个指令集文件，这是一本他精心准备了 5 年的地球文明纪念册，总共包含约 10 个 TB 的数据，里面集中了人类历史在文化和科学两大领域留下的最精华的部分。

这些数据全部发送出去，大约需要 20 多个小时。经过汪若山的精心计算，在不改变天眼朝向的情况下，这些信息将会被发往距离地球 14000 光年的蛇夫座 M10 球状星团，在那里会有高于 99.999% 的几率被一颗恒星所转发。

汪若山按照自己在脑海中演练过无数遍的程序，有条不紊地进行着天眼发射的复杂操作，终于，一切准备工作就绪，就差最后一次确认点击了。

汪若山的手在回车键上停了一下，心里默念了一句："渺小的人类在浩瀚的宇宙中终于有了属于自己的一小块纪念碑。"

汪若山果断地敲下了回车键。

天眼悄无声息地重新开始了工作，没有人觉察到。或许有人发现了天眼运转的一些信号，但是在今天这样一个特殊的日子里，没有人会对天眼的运转感到奇怪。

　　第二天，全世界的新闻媒体都竞相报道了天眼与旅行者1号握手成功的消息。这不仅仅是一条科技新闻，更多的媒体把它作为政治新闻来报道。

脉冲星

2年后

　　两年来，汪若山带领的天眼 SETI 项目组以 1000 多万个不同频率对太空进行着细致的扫描，他们已经对银河系中将近 2000 万颗恒星进行了定向探测。现在的瓶颈是数据分析的效率，尽管汪若山已经竭尽所能利用国内所有大型计算机中心的空闲时间对天眼收集到的数据进行分析，但效率还是不够。

　　方涵则仿照美国的 SETI@Home 计划，正在主导建立一个 SETI@China 的计划，试图把中国所有家庭的电脑和互联网企业的服务器都利用起来，在这些电脑和服务器空闲的时候协助分析天眼的海量数据。

　　但到目前为止，仍然没有找寻到外星文明信号的蛛丝马迹，对此，汪若山是有着充分心理准备的，毕竟 2000 万颗恒星相对于银河系的几千亿颗来说，依然是冰山之一角。

除了 SETI 任务，握手计划依然在顺利地进行，天眼每天都要定期接收来自蛇夫座方向旅行者 1 号传回来的信号。

今天接收到的旅行者 1 号的信息中突然夹着一个特别的信号，这个信号的频率完全不同于旅行者 1 号使用的频率，若不是天眼超宽的监听频段，是不可能发现这个信号的。值班小组立即将此事报给了汪若山博士。

很快，汪若山和方涵都来到了测控室。

这是一个明显的脉冲信号，波长在 1 纳米左右，间隔周期是 4.29 秒。

方涵："有点怪，从波长来看，这应该是一颗刚刚生成的脉冲星，但是间隔周期长得有点过分了。据我所知，我们已经发现的所有脉冲星的间隔周期还没有超过 3 秒的。难道是旅行者 1 号抽筋了？"

汪若山："不可能，旅行者 1 号从理论上来说，不可能产生如此高频的信号。信号源来自旅行者 1 号方向，这是确定的，但从信号的频率和精确的间隔周期上来看，不像是非自然产生的信号。照理说应该是颗脉冲星，但这个间隔周期确实有点长了，不过，或许我们发现了一种新类型的脉冲星。而且，这显然是一颗刚刚诞生的脉冲星，要不是我们两年来长期盯着同一个方向，是没有这么好运气的，在我印象中，到目前为止，国际同行还没有宣布过类似的发现。"

方涵兴奋地说："太好了，我有种直觉，这颗脉冲星的发现将改写我们以往对脉冲星成因的认识。说实话，我对旋转灯塔模型一向就没有好感。老板，深入研究这个信号的任务你就交给我吧，我对脉冲星一直很感兴趣。我申请给这颗脉冲星暂时命名为'新蛋1号'。"

汪若山："行，希望你早日出成果。先设法搞清楚信号源与地球的距离。美国人应该得不到这个信号，他们只能共享到符合旅行者1号频率范围内的信号。"

方涵朗声说："收到，老板！"

方涵以极大的热情投入到了对"新蛋1号"的研究中，很快，她就有了一个重大的发现。"新蛋1号"的脉冲间隔周期在短短的一个月之内从 4.29 秒缩小到了 4.26 秒，并且持续匀速递减。

方涵查遍了论文库，也没找到曾经类似的发现，这似乎是人类第一次发现一颗脉冲星的脉冲间隔在以如此快的速度递减。

汪若山对此的推断是这颗刚刚形成的脉冲星的体积还在不断地减小中，为了维持角动量守恒，那么它的转速就必须不断地增大，于是脉冲间隔就不断地减少，这似乎恰恰印证了传统的旋转灯塔模型的正确。

总之，方涵和汪若山对这颗新发现的脉冲星都非常感兴趣，但是在没有取得实质性的研究进展之前，他们没有急于向外界公布这一较为重大的天文新发现。两个人都希望能通过对新蛋1号的研究，改写人类有关脉冲星的理论模型。

但新蛋1号到地球的距离却始终测量不出。他们尝试过各种方法，但都宣告失败。在天眼的精度范围内，没法测量出任何脉冲频率的"红移"或者"蓝移"值。

直到一件偶然事件的发生。

新蛋1号

又过了一年，汪若山因一个国际交流项目应邀到阿雷西博射电天文台短期访问。

这个位于波多黎各山谷中的巨型射电天文望远镜曾经占据世界第一的宝座超过 50 年之久，它也被评为 20 世纪人类最伟大的十项工程之一。

汪若山曾经断断续续在这里奉献过 5 年的青春，因此对这里的一草一木都饱含感情。他对阿雷西博的控制台也是极为熟悉。

这天，汪若山得到允许，又重新坐到了阿雷西博的主控电脑面前。他熟练地摆弄着控制台，满是怀旧的情绪。他在电脑屏幕上极为自然地输入了新蛋 1 号的赤经和赤纬，这一年来，他一直高度关注着新蛋 1 号，所以想也没想就把新蛋 1 号的坐标信息输入到了主控电脑中，并且把阿雷西博的接收频率调整到了新蛋 1 号的脉冲频率。

可令汪若山始料未及的是，他居然什么也没收到。"这怎么可能？"汪若山心里默念一声，这个频率和坐标自己曾经输入过千百遍，那真是闭着眼睛也能输对的。

汪若山立即拨通了方涵的电话："方涵，赶快看一下新蛋 1 号的状态。"

"怎么了，老板？你想知道什么数据？"方涵对汪若山着急的语调感到有些诧异。

汪若山说："你马上看一下，新蛋1号还在不在？"

过了一会儿，方涵说："在啊，一切正常，怎么了？"

汪若山说了声"一会再说"就挂了电话。

他想可能是阿雷西博出故障了，否则不可能接收不到新蛋1号的脉冲信号。但是检查了好几遍，从所有的迹象来看，阿雷西博都一切正常。

汪若山突然想起了什么，他立即在电脑中修改了坐标的数值，然后仔细观察信号读数。就这样，汪若山一边细微地调整着阿雷西博的定位坐标，一边观察读数。很快，新蛋1号的脉冲信号出现在了电脑显示屏上。

汪若山倒吸了一口冷气，他盯着电脑屏幕上的坐标参数，快速地做着心算。三遍心算之后，汪若山满头大汗地起身，回到了自己的房间。

他拨通了方涵的电话："方涵，如果我没有搞错的话，新蛋1号离我们的距离我算出来了。"

方涵："真的吗？老板，你用的什么方法？"

汪若山："三角测量法。"

方涵："什么？老板，你说的是三角测量法，开什么国际玩笑？"

汪若山："我不是在开玩笑。我们被自己的惯性思维蒙蔽了，我们一旦认定这是颗脉冲星以后，就默认它距离我们非常得遥远，三角测量法这种古老的测量远处物体距离的方法，被我们从头脑中不自觉地过滤掉了。"

方涵："你是说，阿雷西博看到的新蛋1号和天眼看到的有角度差？"

汪若山："是的，有角度差。我已经计算出来了，新蛋1号距离地球不到1光年。"

方涵大叫一声："老板！你说的是真的？这绝对不可能！"

汪若山冷静地说道："是的，我也认为这绝对不可能，但是目前我得到的所有数据就只能是这个唯一的结论。并且，它的脉冲间隔为什么会缩小，我也想通了，很简单，它在朝我们飞过来。"

方涵在电话中沉默了。

汪若山继续说道："换句话说，新蛋1号是一个正飞向地球的会定期发出无线电波的物体，至于它到底是自然的还是非自然的，我不知道。"

方涵："老板，你的意思是它有可能是一艘外星人的飞船？"

汪若山："或者是一群。当然，也有可能真的是颗脉冲星。"

方涵："我们应该马上通报给 IAU。"

汪若山："我马上就给贾斯比主席打电话。"

争议

自从汪若山向 IAU 报告了新蛋 1 号的情况后，地球上的所有射电望远镜都指向了新蛋 1 号。很快，各种精确的数据就被测量了出来。

此时新蛋 1 号位于距离地球将近 4 万个天文单位的奥尔特星云边缘，正以接近十分之一光速的速度朝地球飞来，质量和体积仍然未知。如果按照目前的速度不变的话，新蛋 1 号将在 6 年后到达地球。

虽然全世界的光学望远镜都对准了新蛋 1 号，但无论是地面的超级望远镜还是太空望远镜，都无法在这个距离上看到新蛋 1 号。

国际社会不断召开各种级别的会议，讨论各方对新蛋 1 号的看法，但始终未能达成共识，主流的观点有下面几种：

第一种观点：从新蛋 1 号发射的毫无智慧特征的信号来看，这应该是一个自然形成的宇宙天体，但是这个天体到底是什么无法确定。很有可能就是一颗微型脉冲星，它应该会进入木星引力范围后被木星捕获，成为木星的一颗卫星，或者就像 1997 年苏梅克 - 列维 9 号彗星一样一头撞向木星。但是撞击的威力会远远大于苏梅克 - 列维彗星，对地球会造成多大的影响尚无法确定，因此需要等新蛋 1 号离地球更近一点，当它能够被太空望远镜看到，并计算出体积和质量后才能确定。

第二种观点：新蛋 1 号是一个非自然物体，它发出的信号虽然没有任何复杂特征，但其实起到了一个定位导航的作用，这个信号的工作原理类似于雷达回波，可以把这个物体精确地引导到地球上。至于它到底是一颗探测器，还是一艘宇宙飞船，甚至是一个舰队，目前无法判断，因为它对于我们来说，除了这个信号以外，似乎是完全隐形的。国际社会应当立即向各国政府发出预警，人类文明有可能在 6 年后首次接触地外文明。

第三种观点：新蛋1号是由外星文明发射的"导弹"，是一枚精确制导武器。人类应当立即发出全球警报，一方面调集全世界的航空力量发射拦截火箭，一方面各国政府应当组织大规模的人员疏散，修建防空设施，以防不测。

这几种观点都无法给出足够有力的证据，因而很难互相说服对方，为此，国际社会争论不休，大会小会开个不停。

但各方很快达成了一个共识：立即由NASA朝新蛋1号发射一颗小型探测器，去获取更详尽的资料。在做出进一步的决策前，至少我们要知道它的体积和质量。

在全世界的通力合作下，仅仅用了2个月的时间，探测器和超级运载火箭都就绪了。它们在美国的卡纳维拉尔角发射升空，4年后将与新蛋1号以超过0.2c的速度擦肩而过。

这颗探测器被命名为"千里眼"。

千里眼

在千里眼飞向新蛋1号的过程中，全世界的望远镜，从光学的到射电的，从地面的到太空的，都把它们的指向对准了这个蛇夫座方向的不明物体。但是，我们除了能接收到它如同脉冲星般有着规律的脉冲信号外，无论从哪个频段都无法得到任何反馈。在可见光波段更是完全不可见。

基于这种现象，IAU 逐渐倾向于排除两种可能：

一、这不可能是一个庞大的舰队，否则在这个距离内人类还是无法探测到，实在过于匪夷所思。

二、这不是一个自然物体，否则在可见光波段不至于完全看不见，如果不是技术文明的刻意掩饰，一个自然物体总是要反射阳光的。

越来越多的 IAU 专家认定新蛋 1 号是来自地外文明的探测器，更悲观一点的人认为是地外文明的攻击武器，因为按照地球人的思维，这种级别的"隐形"似乎只有在作为武器的时候才有必要。

尽管国际社会实施了严格的保密措施，但是无孔不入的新闻媒体还是逐步把真相一点一点地透露给了公众。

颇有意思的是，整个人类社会分成了两种派别。一种人群基本上都持悲观态度，他们普遍相信新蛋 1 号的脉冲信号就是倒计时，是"审判日"的倒计时，世界末日将在倒计时结束时到来。

另一种人群则基本上又分成乐观派和悲观派。乐观派普遍认为这是外星文明的使者，他们是带着善意来帮助人类的。于是全世界各地都成立了各种欢迎新蛋 1 号的组织，他们甚至呼吁国际社会建立新的历法，把新蛋 1 号与地球接触之日定为新纪元的起点。

但乐观派却始终无法在逻辑上很好地解释，为什么新蛋 1 号不与地球文明建立信息交换通道。

悲观派则坚信这是外星侵略者，他们一方面呼吁联合国尽快建立地球抵抗联军，一方面积极筹建民间的抵抗组织。

随着千里眼与新蛋 1 号接触日子的临近，人类社会的焦虑也在逐步增加，各种恶性社会治安事件发生得也越来越频繁。

千里眼与新蛋 1 号预计的接触点距离地球大约 1300 多个天文单位，就在预定的接触日前 1 个月，一个重要的事件发生了。

全世界光学望远镜都在这天晚上观察到了一颗"超新星"，甚至用肉眼也可以看见，目视星等达到了五等。这是新蛋 1 号突然放出的强烈光芒。

人类马上意识到，新蛋 1 号开始减速了。

至此，新蛋 1 号到底是什么的谜题提前揭晓答案。人类首次遭遇到了地外文明的飞行物。虽然人们对此早有心理准备，但是一旦真正确认了，还是给人类社会造成了极大的冲击。

同时也确认了新蛋 1 号是一艘飞船或者一枚探测器，而不是一个舰队，这总算是个好消息。

通过光谱分析，新蛋 1 号散发出氢和氦两种元素，毫无疑问，这是核聚变发动机的排出物，这是一个已经掌握了核聚变技术的文明，至少比人类文明超前了 250 到 500 年。

这两个关键事件确立后，人类社会的不安和焦躁情绪得到了部分的缓解和控制，专家不断在新闻媒体中分析道："还好仅仅是一个掌握了核聚变技术的文明，而不是一个掌握了反物质技术的文明，并且它们只有一艘飞船。如果真是侵略者的话，人类的武装无论如何不至于一夜之间全军覆灭。"还有专家举例说，即便是把今天的一个海军陆战队放回 500 年前的古战场，也无法对数量上占绝对优势的冷兵器军队实现瞬间全部歼灭。

因为新蛋 1 号减速引擎的启动，IAU 当即决定提前开启千里眼的探测功能。

千里眼每隔1小时传回一张高解析度的照片。但是在这个距离上，照片要传回地球也需要花2个多月的时间。

千里眼上的质量探测仪也开始工作，但此时还没有读数，可见新蛋1号的质量并不是很大。

在千里眼与新蛋1号接触日的前7天，质量探测仪的读数终于出来了：新蛋1号的质量约为500吨。当地球获得这个数据的时候，千里眼其实早已经和新蛋1号擦肩而过了。

随后，第一幅可以看清新蛋1号整个轮廓的照片终于传回来了。新蛋1号的外形是一个几乎完美的圆锥体，圆锥部分正对着地球，它是核聚变引擎的喷嘴，放出耀眼的光芒。体积大约与地球上的一枚运载火箭相当。

一幅幅照片陆续传了回来，人们发现新蛋1号的外形正在发生变化。圆锥部分的喷嘴在逐渐增大，而圆面部分则在逐渐缩小，形状正在由圆锥形逐渐向圆柱形转变。但是它的转变是近乎完美的平滑，没有任何机械拼接的痕迹。新蛋1号是由一种类似于液态金属的材质所构成，黑漆漆的，几乎不反光。

千里眼在距离新蛋1号2万千米的地方与之交汇而过，顺利地完成了自己的使命。

新蛋 1 号飞行图

高层会议

  国家最高领导机构的扩大会议在北京举行，汪若山作为首席科学顾问出席了这次会议。

  会议的焦点集中在一个问题上，即目前的情况是否构成行星防御预案的启动条件。

  汪若山认为目前的态势足以启动预案，应当立即开始疏散作战部队，并且准备在各大战区的预定地点修建秘密工事，囤积战略物资。

  现在离"接触日"还有 2 年的时间，地球人应当有时间做好充分的战前准备。

  可是军方代表对这个预案显然不满，他认为科学家有点太过于迷信外星人的实力，而不相信人类自己的实力。

  军方代表认为外星人再怎么强大，也就是一个 500 吨重的铁柱子，能有多大能耐。就这样突然一下要放弃苦心经营了几十年的所有军事要地，似乎有点太儿戏了。更重要的是，一旦他国武装力量趁虚而入，将对我国的国防构成重大的威胁。

  高层也认为大规模的疏散行动会造成整个社会的恐慌，很有可能失去对局势的控制，造成不可估量的后果。

  会议在紧张的气氛中整整持续了一天，汪若山还给国家最高领导机构的主要领导做了一场报告，展示了外星人可能掌握的科技，以及他们可能拥有的武器系统。

最后，第一发言人拍板，决定暂不进行大规模的军事疏散，对公众严守秘密。但是全军要做好一级战备状态，确保随时能够迎击敌人的进攻，这个进攻不仅仅来自外星人，还包括其他国家的武装力量。同时，还要用各个频率持续呼叫新蛋1号，努力与之建立通信联系。

整个世界似乎一夜之间进入到了世界大战时期，各个国家的武装力量都保持着高度的警惕，对边境的防范力度空前加强。在各国的军方眼里，外星人的威胁远没有来自别国的军事威胁大。

联合国安理会会议的密度空前提升，几乎每天都有各种级别的会议。发展中国家要求军事大国美国和俄罗斯无偿分散它们的武器装备到其他国家，但遭到美俄的拒绝。美俄则要求在其他国家建立更多的军事基地。

虽然从理论上来说，这种时期下，成立一支高度集中统一的地球联合军是能够发挥地球现有军事武装力量的最佳方案。但经过一个多月高密度的会议，国际社会很快意识到成立地球联合军是不可能的，目前整个人类社会的国家关系决定了即便是在面临外星人入侵这样重大的威胁整个人类安危的事件时，人类社会也不可能在短期内团结起来，只能各自为战。

联合国最后的决议是要求各国限时向安理会通报各自的军事计划。唯一的成果是由安理会牵头，确定了一份特别应对小组的名单，这份名单上的人来自全球各个领域中最顶级的专家，包括科学家、政治家、心理学家、特种兵等，甚至还增加了一名占星师，一共54人，应对小组的代号为"猎犬"。

国际社会达成的协议是，一旦新蛋1号与地球接触，"猎犬"必须第一时间到达接触点，但"猎犬"不具有指挥权，只能作为决策顾问，在某个国家的军事行动只能由当地的最高军事领导人决定。

从公开的安理会通报来看，众多国家采取的对策竟然惊人一致，都不约而同地采取了与中国相同的策略，在安抚民众的同时，所有军队进入一级战备。

接触

随着新蛋1号离地球越来越近，它被肉眼观测到的亮度也越来越高。接触前1年，已经达到了1等星的亮度，超过了夜中大多数星星的亮度。

接触前6个月。

全球各大电视台开始对新蛋1号进行24小时不间断的直播。此时，新蛋1号在夜空中的明亮程度已经可以和木星、金星相媲美。它在持续减速中。

全世界的地外文明崇拜团体的活动也达到了最高潮。美国人在新墨西哥州的高原上用巨大的LED灯组摆出了面积达到几十平方千米的"WELCOME TO THE EARTH"字样。澳大利亚人则在内陆沙漠上用灯光组成了一个直径达到100千米的人类笑脸图案，一到晚上便开启灯光，图案还会眨眼睛。从卫星拍摄的照片来看，效果极其震撼。

但新蛋1号对这一切视而不见，它不回答人类任何的无线电呼叫。新蛋1号的外形此时已经成为一个近乎完美的圆柱形，正对着地球的一面发出耀眼的光芒，那是核聚变引擎产生的巨大能量，他们在向地球人冷峻地展示着自己的科技。

接触前1个月。

新蛋1号的核聚变引擎突然熄灭了，它停止了减速，此时的新蛋1号在距离地球约2个天文单位的木星和火星之间的小行星带上，以接近40万千米的时速悄无声息地向地球滑行过来。

当新蛋1号关闭了能够发出巨大亮光的核聚变引擎时，整个新蛋1号就突然隐形了，它在电视直播画面中消失了。在可见光波段，新蛋1号几乎不反射任何光线，它的表面是由某种吸光性能极强的液态金属构成。

所有追踪新蛋1号的天文望远镜开始启用红外波段定位它，核聚变引擎虽然关闭，但是它的余温是不可能突然就消失的。于是，全球各大电视频道又收到了新蛋1号来自红外波段图像的信号。

接触前3天。

新蛋1号的核聚变引擎突然开启，再次减速。这次的减速被很多专家预计到了，因为40多万千米的时速对于降落地球而言，还是太快了，新蛋1号必然在进入地球大气层前再次减速到时速小于3万千米，否则在地球降落的技术难度和付出的代价就太高了。

此时的新蛋1号离地球已经非常近，很快就要进入月球的绕地轨道了。新蛋 1 号发出的耀眼光芒使得它在夜晚的亮度仅次于月亮，甚至在白天也能看到这颗悬挂在天上的"星星"。

接触前 24 小时。

此时的新蛋 1 号已经成为天空中的第二颗小太阳，即便是在晚上，也能把整个地球照耀得如同白昼。

全世界的人们都屏住呼吸看着电视直播，所有的电视频道都只播放与新蛋 1 号有关的节目。各国的领导人都在电视上呼吁民众保持镇定，军方严阵以待。

接触前 3 小时。

天空中的"第二颗太阳"突然熄灭，同时，新蛋 1 号开始再次变形。全世界的人都在电视画面中目睹了新蛋 1 号的圆柱体两侧开始长出翅膀，不需专家解释，即使普通人也都能明白，这是新蛋 1 号做好了在地球大气层中滑翔的准备。

此时新蛋 1 号的时速已经降低到了 1 万千米以内。

接触前 1 小时。

新蛋 1 号以 40 度的倾角开始进入大气层，进入的位置在地球的北极上空，它的最终降落地点此时仍然是个谜。

人们在电视画面中目睹了新蛋 1 号进入大气层的壮观景象：只见北极的上空突然出现了一团巨大的红色火球，它翻滚着越来越低。

新蛋 1 号被完全包裹在火球之中。

似乎是在一瞬间，从火球中突然冲出一个巨大的张着两翼的飞行物，就好像是一个长着巨大翅膀的易拉罐。它几乎是全黑的，表面不反射任何阳光。就好像是一只巨鸟在天空中的投影，有一种强烈的不真实感。

新蛋 1 号降落在地球北极上空

降落

新蛋 1 号在距离地表 2 万米的上空停止了下降，开始平飞，速度大约为 2500 千米／小时，它首先进入了俄罗斯的领空。

俄罗斯空军立即派出了 4 架 T-50 迎了上去。尽管军方也料到新蛋 1 号不会对无线电呼叫做出任何回应，但他们仍然坚持对新蛋 1 号呼叫，希望能够得到响应。新蛋 1 号继续保持着沉默，像一个鬼影子般无声无息地滑行。

在地面上的人们首次通过肉眼目睹了新蛋 1 号的真身，用长着巨大翅膀的可乐罐来形容它真是再传神不过。4 架 T-50 的身形与新蛋 1 号相比，就好像四只麻雀在伴随着一只雄鹰飞行。

新蛋 1 号从黑龙江省进入中国领空，中国空军派出的 4 架 J20 早已经在此守候多时。

按照国际社会之前达成的共识，无论新蛋 1 号出现在哪个国家的领空，采取行动的当地空军都只能伴飞，并且保持无线电呼叫，不首先做出任何威胁举动。

新蛋 1 号继续朝着中国的南方飞行，保持着稳定的时速。

全世界的媒体纷纷猜测新蛋 1 号的目的地，大多数专家认为新蛋 1 号很有可能会绕地球飞行几圈以后再选择降落地点。

只有一个人猜出了新蛋 1 号的降落地点，他就是汪若山。

在确认新蛋 1 号是一艘非自然飞行物体后，汪若山就已经隐隐猜到了一些事情。10 年前，自己利用天眼发射的人类文明信息在距离地球 1 光年处被一艘外星文明的探测器，也就是新蛋 1 号截获。新蛋 1 号立即转向并朝信号的发射源飞来，但是新蛋 1 号无法获知信号源的距离。在这个方向上，距离最近的一颗恒星只有 1 光年左右，新蛋 1 号朝着信号源方向发射了定位信号，如果接受到回波，就可以准确地计算出距离。

天眼那 30 多个足球场大小的反射镜面成了新蛋 1 号最好的定位器，任何射电望远镜都会自然反射接收到的无线电波，其本质和镜子反射光线是一样的，而光本身就是一种无线电波。

汪若山的结论是：新蛋 1 号一定是直奔天眼而来。汪若山不止一次在内心中问过自己，如果这个猜测是真的，自己的行为确实给地球人类带来了未知的危险，自己后悔吗？但是汪若山自己也没有准确的答案。

在进入中国领空 2 个多小时后，谜底揭晓了，汪若山料对了。新蛋 1 号到达贵州上空后，在完全没有先兆的情况下，突然极速下降，一边下降一边开始变形。它的这种变形并非那种生硬的机械式变形，而是像一颗慢慢融化的巧克力。

在距离地面 5000 米高空的地方，新蛋 1 号已经"融"成了一滴巨大的液滴，它就在天眼的正上方。突然，这滴液滴一分为五，五个小液滴排列成了骰子上的五字形。几乎与此同时，每颗液滴的正下方露出了蓝色的光芒，核聚变引擎开始工作，目的是让液滴减速。

仅仅 10 分钟后，五滴液滴就平稳地降落在了天眼巨大的反射弧面上，中间的那颗液滴恰好降落在天眼的正中心，而另外四滴均匀分布在天眼的边缘上。

液滴落地跟水滴的落地极其相似，它们迅速地在地面上化开，平摊成直径 40 米左右、厚度 3 米左右的圆柱体。因为液滴的表面几乎不反射任何光线，从远处看过去，就好像天眼突然长出五个漆黑的大洞一样。

控制

这一切来得实在太突然，所有天眼的工作人员从意识到新蛋 1 号在自己的头顶上下降开始，直到完成落地，总共只经历了 20 多分钟。

在这段时间中，所有的人员都出奇地平静，有的在室外目睹了五个巨大的黑色液滴降落的全过程，有的就在室内屏气凝神看着电视直播。直到降落结束，所有的人才似乎从梦中惊醒。

天眼控制室一阵骚动之后，很多人朝门外冲了出去。

汪若山和方涵此时都在天眼的主控室中，这是天眼最核心的一间控制室，最多可容纳 30 多人。此时，房间中只剩下五六个人，多数人都因为恐惧而逃散了。

方涵朝着汪若山苦笑了一下，说："老板，咱们跑不跑？"

　　汪若山显得异常镇定，他的视线始终没有离开各个监控屏上的"液滴"。

　　"能跑到哪里去？我觉得我有责任在这里看守天眼。我总觉得它们来这里的目的不会太简单，一定有一些我们不知道的原因。"

　　方涵苦笑了一下，说："好吧，老板，我不是不想跑，我只是觉得跑出去和留在这里说不定哪个更危险呢。横竖都是赌一下，我不如省点力气。"

　　主控室里面还有其他几个人也都是同样的想法，他们干脆都坐了下来，静待新蛋1号接下来的举动。

　　汪若山们知道此时大批的军队已经朝大窝凼地区集结，但是这里属于山区，没有什么像样的道路，重型装备肯定开不进来，即便是轻便摩托化部队至少也需要4个小时才能到达这里。不过，武装直升飞机应该在1小时内就能把这片区域包围。

　　汪若山的手机响了，这是中国西南战区的总参谋长刘文龙打过来的第2个电话。在新蛋1号刚从天眼上方下降的时候，汪若山就接到了刘参谋长的电话，要求他保持镇定，密切注意新蛋1号，随时报告情况。

　　汪若山接通电话，说了声："喂，刘参谋长，是我。"

　　突然，一阵尖利的啸叫声从手机中传出来，汪若山禁不住把手机从耳朵边猛地挪开，接着就从手机的听筒中传来了很响的噪声。

　　所有的监控屏幕全都亮起了雪花点，房间里面其余的人都下意识地拿出了手机，果然信号全无，有些人并不相信，仍然尝试拨号，但是很快就放弃了。

汪若山意识到，这是强烈的无线电干扰，很有可能是全频段阻塞。要命的是，他们这里没有有线电话，这种古老的通讯方式已经完全被手机所取代，连所有的宽带接入也都是无线方式。

汪若山的估计是完全正确的，新蛋1号把天眼的巨大天线当做全频段阻塞的放大器，方圆十千米之内的所有无线电通讯都受到了强烈的干扰，一切基于无线通讯的设备全部失效。

以天眼为中心，直径10千米的半球形区域内成了一个黑箱，里面的人无法了解外面的情况，外面的人也无法了解里面的情况。

方涵突然叫了一声："老板！"

汪若山朝方涵看过去，只见方涵指着天眼主控电脑的液晶屏。上面显示天眼的几个控制电动机正在启动，天线的指向参数正在跳动。

"它想控制天眼！"汪若山叫了一声。他迅速地冲到了电脑前，在屏幕上开始点击，可是完全不起作用，天眼的主控电脑已经不受汪若山控制。

方涵和其他几个人也冲了过来，纷纷问道："它要控制天眼干什么？"

汪若山说："不清楚，让我想想。"

屏幕上的天眼天线定位参数停止了跳动，定格在了两个数字上。汪若山一眼就认出了这是位于波江座方向，赤经和赤纬的坐标看着有点熟悉，似乎在哪里见过。

"方涵！"汪若山突然想起了什么，他对着方涵叫道："把你手机里面EPE（Extraterrestrial Planet Explorer 地外行星搜寻者，

NASA 在 2012 年发射的专用于寻找地外行星的太空望远镜）的数据调出来。"

方涵拿出手机快速地操作起来，不一会儿，就递给了汪若山。

汪若山在手机里面快速地输入了天眼正锁定的赤经赤纬的参数，很快就出来了结果。

汪若山说："没错，就是这个地方。EPE 在 2022 年发现的一颗超级地球 EPE-3500，距离地球 46 光年。如果我猜的没错，这就是新蛋 1 号的母星，它是要利用天眼向母星传送信息。"

方涵问："传送信息的目的是什么？"

汪若山摇了摇头，说："天知道，或许是给母星的一份喜报吧。"

对峙

在天眼的外围，大批的军队正从四面八方赶来。几十架武装直升机也从最近的军用机场起飞，直奔天眼而来。

天眼巨大的反射弧面边缘呈一个正方形，分布着四个黑色的"液滴"，此时已经不能算液滴了，它的外形已经成了一根扁扁的圆柱体。

4 根圆柱体的下方突然冒出了火光，它们同时升空。在上升到 500 米左右的高空后，每根圆柱体又分裂成 2 根圆柱，两根圆柱分裂成 2 根，紧接着这 16 根冒着蓝白色火光的圆柱体长出两翼，同时开始侧身，每一个都像是一个缩小版的"长着翅膀的可乐罐"。

16 个黑色的"长着翅膀的可乐罐"开始绕着天眼转圈飞行，刚开始都处于同一个高度，可是很快就高低错落有致，并且越飞越快。从远处看过去，就像是天眼上方挂起了一块黑色的圆形蚊帐。

随着 16 个"可乐罐"的飞行速度加快，"蚊帐"的覆盖范围也在逐渐扩大，最终形成了一个直径达到 10 千米的保护圈。

新蛋 1 号自降落到现在已经过去 30 多分钟，虽然它已经成功控制了天眼，但是始终没有发射无线电波。

汪若山和方涵都知道天眼的发射程序极为严格，有 6 道安全密钥，每道密钥都采用不同的加密算法，并且解密的"钥匙"分别保管在不同的人手里，必须 6 把钥匙同时开启才能启动天眼的发射程序。

新蛋 1 号想要突破这 6 道密钥，显然遇到了麻烦。

汪若山把嘴凑到了方涵的耳边，轻声说："不管它要启动天眼的目的是什么，我只知道，我们必须阻止它。你现在立即离开这里，想办法与外界联系上，要求立即切断天眼的供电。"

方涵点了点头，转身快步朝门外走去，消失在门后。

天眼的正中心，静静地伫立着一根巨大的黑色圆柱体。突然，四颗"泪珠"从圆柱体侧面滚了下来，就像一根蜡烛受了热，从顶端沿着侧壁流下了蜡油一样。

"泪珠"一着地就立刻变为细长型，像蛇一样游了出去，每一条

"蛇"都有一人粗，2米多长。

第一队12架武装直升机很快就要接近天眼外围的"蚊帐"了，中队长通过无线电向上级请示："鸿鹄1号已经接近目标，如果不减速，5分钟后接触，请指示。"

"请在目标100米开外悬停，等待指示。"

"鸿鹄中队收到！"

12架直升机在接近目标前开始分散，以包围圈的分布在"蚊帐"100米开外悬停了下来。

西南战区总参谋长刘文龙此时正焦急地坐在朝天眼全力开进的指挥车上。他们与天眼内部的联络彻底中断了，新蛋1号形成的全频段阻塞把天眼变为了一个黑箱。在做任何决策之前，他们必须要首先了解对方正在做什么，目的是什么。

联合国特别应对小组"猎犬"早在新蛋1号与地球接触的一周前就已经集结完毕，他们一直在美国的夏威夷海军基地待命，一旦确认新蛋1号的着陆点后，就会有一架专机护送他们直达目的地。此时，猎犬小组正在飞往贵阳机场的途中。猎犬小组给刘文龙的建议是"尽可能不要主动采取任何带有威胁性质的举动"。

军队最高领导机构组成的特别领导小组成员也正从上海火速赶来，但要到达天眼所在的位置至少还需要2个多小时。

在"猎犬"和特别领导小组到达之前，刘文龙就是现场最高指挥员。刘文龙以他将近40年的军人生涯养成的直觉，感到新蛋1号对地球人没有丝毫的善意，全频段阻塞事件的发生更让刘文龙确定了这种判断。

"鸿鹄1号，现在把地面行动部队放下去。"刘文龙果断地下达了命令。

"收到。"中队长继续下达命令："鸿鹄9、10、11、12号，立即下降到登陆高度，飞豹小队落地待命。"

四架直升机下降到离地面不到2米的高度悬停，每架直升机上跳出4名全副武装的特种兵，一落地立即分散卧倒，直升机随即升高，整个过程仅仅持续了十几秒钟。

此时正值正午，"长着翅膀的可乐罐"在半空中飞速飞行着，每一个"可乐罐"都投下一个快速移动的影子，影子在地下构成了一个黑色的圆圈，就像一道警戒线。

黑蛇

方涵按照汪若山的指示，跑出了控制室，她的任务是跑出去设法通知军方切断天眼的电力供应。

方涵迅速来到停车场，朝自己的那辆蓝色敞篷小跑车跑去。刚跑了没几步，她便停了下来。她瞄了一眼停车场的情景，就知道跑过去也徒劳了。

停车场上只看到惊慌失措的人群，唯独不见发动起来的车子。

有很多人打开了车前盖，在检查着。方涵走到最近的一辆车前，问道："车子怎么了？"

"电瓶短路，烧坏了，所有的车都这样。"

方涵听完扭头就走，她很清楚此时再去看自己的车也是浪费时间，不如抓紧步行离开这里。

几十号人正沿着唯一的一条公路步行撤离。

方涵一路小跑，在她前方的上空，可以看到新蛋1号分身出来的飞行物正在快速地绕圈飞行，速度相当惊人。

在她的身后不远，四条从新蛋1号上分离出来的"黑蛇"也朝撤离的人们快速游走过来。

几声从后面传来的惊呼声让方涵停下了脚步，她回头一看，立即被眼前的景象惊呆了。

只见不远处，四条一人粗的黑色蛇形物体贴着地面无声无息地朝前快速地滑动，所到之处人们纷纷散开，而这四条"黑蛇"似乎也在有意避免撞击到人。

当"黑蛇"从方涵的眼皮底下游过时，方涵真切地看到这种物体的表面完全是黑的，看不出任何光泽，但是又能感觉到它是液态的、柔软的，就像是浓浓的墨汁。

"黑蛇"游走的速度非常快，没过多久，就超过了跑在最前面的人。当黑蛇一超过最前方的人时，便立即停止了滑动，像眼镜蛇一样立了起来。

跑在最前面的是两个年轻的天眼工作人员，他们露出惊恐的表情，很快停了下来，不敢再往前挪动半步。

后面的人群也渐渐地都跟了上来，在与"黑蛇"相隔二十几米的地方停了下来，方涵也夹在人群的中间。人群聚集的位置离最近一处的直升机和特种兵大约还有 5 千米，此处已经能听到直升机旋翼的隆隆声。

人们开始议论起来。

"它是在阻止我们过去。"

"你怎么知道？"

"这显然不是我一个人的直觉，大家都停了下来。"

"我们怎么办？"

"我认为我们应该原地等待救援。"

"我看它们未必一定有恶意。"

"别去冒险！"

人们七嘴八舌地讨论着，但是没有一个人敢再往前走一步。

此时方涵心里非常焦急，只有她知道天眼已经被新蛋 1 号劫持，随时都有可能被启动，给新蛋 1 号的母星发射信号。不论这个信号的目的是什么，人类都必须阻止它，这是关系到人类文明生死存亡的大事。

方涵决心冒一次险，她要赌一把。正当她想朝前面继续前进的时候，有一个人先于她朝"黑蛇"的方向走了过去。

这是一个金发碧眼的西方中年男子，方涵认识他，他叫斯蒂文，是一个访问学者，与方涵有过几次交流。斯蒂文是一个乐观派，他一直相信新蛋 1 号是外星文明的使者，会给人类带来善意。

斯蒂文高举着双手，一边朝前走，一边用英语大声叫着"PEACE"，一步一步地靠近四条立起来的"黑蛇"。

在距离黑蛇只有十几米的时候，四条"黑蛇"的身子突然同时朝前倾了一些。

斯蒂文停下脚步迟疑了一下，但很快继续大着胆子朝前走，只是比刚才走得慢了些，嘴里依然高声叫着"PEACE! PEACE!"。

刚走出了三步，只见其中一条"黑蛇"身子突然抖了一下。与此同时，斯蒂文怪叫了一声跌倒在地，四肢不停地抽搐，就好像遭到了电击一般，但他显然没有死，只是失去了行动能力。

人们禁不住发出了一声惊呼，方涵也不由自主地张大了嘴巴，虽然她没有看到从"黑蛇"身上发出任何东西，但是她可以想见，必定是"黑蛇"产生的某种强烈的定向电脉冲击中了斯蒂文，使得这个金发男子浑身肌肉被暂时性麻痹，从而无法动弹，甚至都不能开口说话。

此时，新蛋1号到底是善意还是恶意的问题已经不言而喻。

一些人开始往回走，一些人则在犹豫是否要上前去救助斯蒂文。

方涵焦急万分，对她而言，最重要的事情是要向外界传递出信息：新蛋1号正在利用天眼向母星传送信息。哪怕仅仅是将"新蛋1号不怀好意"这一简单信息传递出去，也将对外界尽快做出正确的决策意义非凡。

开战

　　出去的唯一道路已经被"黑蛇"封死了，而天眼所在地的四面都是崇山峻岭，想要穿山出去也是不可能的。无线电通讯也已经被新蛋1号的全频段阻塞彻底封死。在这种情况下，想要传递出信息只有一个办法：在地上写字。

　　方涵相信，此时全世界最尖端的间谍卫星一定都把焦点对准了天眼所在的区域。间谍卫星在地面的分辨率已经能达到10cm。万幸的是此时天气晴朗，只要能在空旷一点的地面上写出几个大字，就一定能被间谍卫星拍到。

　　可是这事想出来容易，一时间想要做到却也绝非易事。这里四周全是山地，灌木林丛生，想要在山上找到一块平坦的地面简直是不可能的。唯一的空旷地是停车场。

　　方涵急中生智，她想到了一个方法，但她还需要三个人的协助。

　　方涵从人群中迅速选定了三个熟人，把他们拉到一边，悄声说道："汪若山博士发现外星人劫持了天眼，试图利用天眼向母星传送信息，我们必须把这个情况传递给外界。我能想到的唯一办法就是用我们的身体组成文字，让卫星看到，请帮助我。"

　　三个人马上明白了方涵的意思，迅速地点了点头。四个人默契地开始往回跑。

一来到停车场，方涵便喊了一声："E"，说完她立即平躺在地上。另外三个人马上就领悟了方涵的意图，也迅速地找到位置平躺了下来，四个人用身体组成了一个字母"E"。

十几秒钟之后，方涵又喊了一声："换成'T'"。

每组成一个字母，他们都会停留十几秒。方涵依次发出了"E、T、H、J、T、Y"六个字母的指令，组合在一起，传递出去的信息便是：ET hijacked TianYan（外星人劫持了天眼）。

全世界几十个间谍卫星同时捕捉到了方涵他们的特殊举动。

仅仅 10 分钟后，联合国猎犬小组和军队最高领导机构特派小组的面前几乎同时呈上了来自情报部门的紧急报告：

根据天眼工作人员传递出来的信息，天眼已经被新蛋 1 号劫持，这个信息解读的准确度为五级（最高可信度）。

几分钟的简短讨论后，猎犬小组和特派小组也几乎是同时得出了正确的结论：新蛋 1 号正在利用天眼向母星传递信息，必须马上阻止它。

刘文龙在接到猎犬小组发来的建议的同时，也接到了来自军队最高领导机构特派小组的命令：

第一，立即切断天眼的供电线路。

第二，夺回天眼的控制权。

刻不容缓！

刘文龙接到命令，立即拿起步话机，给鸿鹄中队下达作战命令："鸿鹄中队，空中和地面同时强行进入警戒区，允许武力抵抗。"

"鸿鹄中队收到！"

12架直升机迅速开始编队，分成4个小队，每个小队三架直升机排成间隔200米左右的纵列，同时朝前飞去，所有的武器装备都进入随时发射状态。

就在4架直升机刚刚触碰到"可乐罐"形成的分界线时，四个"可乐罐"突然发出耀眼的强光，以迅雷不及掩耳之势直接撞向了4架"触线"的直升机。

四声清脆的"啵"声几乎是同时发出来，四个"可乐罐"从机头穿入，再从机尾穿出，这一系列动作几乎是瞬息完成。

四架直升机立即失去控制，直接坠地，发出巨大的爆炸声。只有一名飞行员被成功地弹射出来，其余3架直升机都不见有飞行员生还。

后面8架直升机亲眼目睹了"可乐罐"如飞刀插豆腐一般轻而易举地洞穿了第一排的直升机，飞行员全都毫不犹豫地按下了武器发射按钮。

8枚"毒刺"空对空袖珍型导弹几乎同时朝4个目标发射出去，令人震惊的一幕发生了：4个"可乐罐"不但没有躲避，反而直接加速迎了上去。导弹确实是"命中"了目标，但是在爆炸的火光中，"可乐罐"毫发无损地飞了出来。

它们的进攻方式简单到了极致，就是撞击。在接下去的30秒内，4个"可乐罐"就像是4根绣花针，逐一穿过飞行中的直升机，8架直升机瞬间全部坠毁。

地面部队的遭遇并没有比空中部队好到哪里去。特种部队几乎是在跨过警戒线的同时全部抽搐倒地，如遭电击。但敌人是如何做到这一切的，没有一个人看得清楚。

真相

天眼的电力是由 40 千米外某小型发电厂的一个单独机组提供的，此时军队已经控制住了这个发电厂。

刘文龙的断电命令一下达，工作人员立即断开了天眼的供电线路。

方涵已经回到了主控室，刚与汪若山会和没几分钟，整个主控室的灯光突然就黑掉了。

汪若山和方涵激动地互相望了望，同时喊出："成功了！"

但是喜悦的表情还没来得及收住，他们就发现照明系统虽然已经断电，但是主控电脑并没有断电，它依然在工作。

汪若山一拍额头苦笑道："我怎么忘了，天眼是接在一个超级 UPS（断电保护器）上的，一旦电力中断，UPS 可以提供差不多 2 小时的临时电力，我居然把这一层忘记了。"

方涵说："也就是说，如果新蛋 1 号不能在 2 小时内破解我们的密钥的话，天眼就会彻底失去电力，变成一堆废铁。"

汪若山说："是的，但这就有点听天由命了。"

就在两个人说话的同时，一条"黑蛇"突然出现在了主控室内，它幽灵般无声无息地滑向汪若山。等到汪若山和方涵同时发现它时，"黑蛇"已经近在咫尺了。

还没等方涵的惊呼声落地，"黑蛇"已经像一条巨蟒一样缠住了汪若山。汪若山只感到一股电流在全身流转，四肢顿时麻痹了，但电流的大小控制得很精确，并没有使汪若山感到疼痛，头脑也依然非常清醒，只是动弹不得。

方涵和在场的众人都被眼前的一幕惊呆了，不由得同时往后退去，也有几个人吓得直接往门外奔去。

汪若山此时感到呼吸变得困难，大脑开始有缺氧的症状出现，眼皮也变得沉重起来，眼前的景象逐渐变得模糊。

突然，汪若山眼前一黑，感觉自己的身子似乎正在往一个无底深渊中坠去，越坠越快。眼前依然是无边无际的黑暗。过了许久，在黑暗的深处似乎有了一个小小的光点正朝着汪若山飞过来。

光点一开始只有一个针尖那么大，然后一点点地变大，速度越来越快，也变得越来越亮。终于，汪若山看清楚了，那是一个燃烧着的巨大的火球，是一颗恒星。

巨大的日珥从恒星的表面喷流而出，每时每刻都有数不清的爆炸在恒星表面发生。日珥爆发的频率和数量都远远超过了太阳，这些无数喷涌的日珥使得这颗恒星看起来更像是一朵盛开的向日葵。

这是一颗异常活跃的恒星，汪若山感受到时间的飞快流逝，恒星盛开的向日葵花瓣逐渐变小，变稀疏，这颗恒星正在从活跃变得平静。当日珥爆发的频率和数量变得可数之后，这颗恒星的表面出现了第一个深坑，恒星的表面物质就像瀑布一样往深坑中跌落，很快就填满了这个深坑。

可是很快又出现了另外几个深坑，由烈火和爆炸组成的瀑布在恒星表面的各处出现。一个坑被填满之后又会出现更多的坑，更多的恒星表面物质被填入到坑中。汪若山看出来了，这颗恒星正在塌缩。

这是一颗质量超过钱德拉塞卡极限的大质量恒星，已经到了生命的最后期，用不了多久，这颗恒星就会发生剧烈的爆炸成为一颗超新星。

恒星从汪若山的视野中慢慢地移出了，眼前又是一片黑暗，但很快又有一颗蓝色的亮点出现在眼前，越来越大。一颗蓝色的行星出现了，但汪若山一眼就看出，这并不是地球。

蓝星的大部分面积也是由海洋组成，其间点缀着一块块的陆地，这些陆地跟地球一样覆盖着无边无际的绿色植被。但汪若山却突然感受到了一阵强烈的恐惧，这种恐惧不是源自于汪若山，而是来自这整颗星球。

这颗美丽的蓝色星球很快就会被超新星爆发的强大火光所吞噬，然后完全汽化，什么都不会剩下。透过恐惧的氛围，汪若山看到蓝星的海面上浮起了一个个巨大的平台，平台上一艘艘巨大的星际战舰正在成形。看到这些巨大的战舰，汪若山的恐惧开始被一种兴奋和激动的心情所取代。这是一个正在跟自己命运进行抗争的强大文明。

突然，从蓝星的表面飞出无数个发着强烈光芒的小点，这些小点朝着宇宙中的各个方向四散飞去。汪若山立刻明白了，这些是蓝星文明建造的探测器，它们肩负着寻找新家园的使命。

蓝星被远远地抛在了身后，汪若山感到自己正在朝着宇宙深处飞去，自己好像就是一个探测器。群星在眼前出现，整个宇宙仿佛静止了，眼前的所有景象都如同被定格了一样，一动不动。时间的流逝感也从汪若山的感觉中消失了。

蓝色星球的星际战舰

不是宇宙静止了，而是汪若山感受到了真实的星际航行，十分之一的光速在巨大的宇宙空间中就像蜗牛在爬。这种状况没有持续多久，汪若山就泛起了十分复杂的情绪，在这些情绪里面有孤独、悲伤，也有焦急和期盼。

　　汪若山感觉自己在漫长的时间长河中艰难地跋涉，四周是广袤、深邃的宇宙，似乎整个宇宙就只剩下了自己。孤寂和悲伤爬满了心头，就像在沙漠中苦苦寻找着水源，快被渴死的母亲正在身后焦虑地望着自己。

　　绝望中的汪若山突然听到一阵美妙的音乐响起，从宇宙中的某一个方向射来了一道强烈的无线电波，这束电波刺破了杂乱无章的宇宙背景噪声，直穿向汪若山的整个身体。

　　"水源！我找到水源了，而且，很近很近。"这是汪若山听到音乐后的直觉反应。这道电波如此强烈，如此致密，它没在宇宙中经过长途跋涉而扩散、疲弱，它就在离自己很近的地方产生。

　　一阵狂喜涌上了汪若山的心头，太好了，母亲有救了。汪若山立即把自己的航向对准了电波的来源，他朝着电波的来源发出有节奏的呼喊，只要听到自己呼喊的回声，他就能确定自己与电波来源的距离。

　　似乎只是一眨眼的功夫，回声就来了，汪若山简直不敢相信，只有1光年，那个电波的发生地就在离自己最近的一个恒星系中，这个恒星系离自己的母星也不过46光年，这一切简直就像是一个美丽的梦，太幸运了。

　　汪若山立即调整航向，核聚变引擎全功率运行，朝着电波来源全速飞去。

此时的汪若山，满脑子都是自己的使命：

首先，寻找一颗液态水和固体物质同时存在的行星。

其次，利用行星的物质建造电磁波放大器。

最后，传送行星的详细宇宙坐标给母星。

没过多久，一颗美丽的蓝色行星出现了。虽然之前通过分析接收到的文明信息已经知道了这颗行星符合要求，但当它真地出现时，汪若山仍然激动了起来。这是一颗完美的行星，所有的条件都符合母亲的要求，更可贵的是这个恒星系正值壮年，主星序阶段尚未过半，它的恒星还可以提供足够长的稳定期。

这个星球上有一种尚处在初级阶段的文明，对母亲构成不了任何威胁，一切都是那么完美。连电磁波放大器都不需要再另行建设，这个星球上的文明刚刚学会制造这种基础设备，之前用于定位的回声正是这样一个设备反馈回来的。

母亲有救了，我的使命也变得简单了：控制电波放大器，传送坐标给母亲。汪若山抑制住自己喜悦的心情，专心在行星表面平稳降落。

电磁波放大器虽然比自己脑中的设计图纸要原始很多，但用于给母亲直接传送信息倒是够用了。但是，没想到这个初级文明已经发明了一种加密的技术，使得全面控制它遇到了层层的障碍，虽然这些加密手段不能最终阻止自己，但是会浪费很多宝贵的时间。母亲那干渴的嘴唇和焦虑的眼神再一次出现在了汪若山的头脑中。

"我一定要尽快突破障碍，完成使命！"汪若山不断地给自己增强信念："如果我能知道其中的任何一个密钥，我就能以最快的速度突破所有的障碍。母亲快渴死了，我绝不能再等下去了，每多等一秒钟都是让母亲距离死亡更近。给我一个密钥！"

"密钥？等等，我自己不就知道密钥吗？为什么会突然想不起来了？真该死，母亲已经危在旦夕了，我怎么想不起密钥了？快点冷静下来，好好想想。"

"对了，就是这样，深呼吸，想一想密钥是什么。"

"想起来了，是——"

"yu qiong qian li mu geng shang yi ceng lou"

这是一句古老的诗句：欲穷千里目，更上一层楼！

汪若山猛然间睁开了双眼，他看到方涵和同事们在远处惊恐地望着自己。"黑蛇"松开了汪若山后，滑到了主控电脑屏幕前，像一根柱子一样纹丝不动地立在那里。

汪若山回忆了自己如何被"黑蛇"缠上，然后自己好像进入到了一种半昏迷的状态，他在极力地回想刚才发生的一切。慢慢地，他想起来了，自己看到了一颗恒星，看到了蓝星，看到了群星闪耀的静谧宇宙……欲穷千里目，更上一层楼……

"不好！密钥被偷取了！"汪若山大喊一声，朝方涵跑过去。

"黑蛇"仍然一动不动，它在专心忙着自己的事情，此时他对低等文明生物已经不再关心，他有自己更重要的使命。

激战

军队最高领导机构特派小组和联合国"猎犬"小组几乎同时抵达了贵阳机场，直接在贵阳机场成立了指挥部，他们在途中已经知道了鸿鹄中队全军覆没的消息，这就意味着，对方主动宣战了。

指挥部直接设在贵阳，没有必要更接近前线战场了。

指挥部下达的第一个作战命令是：4 架护航 J20 立即投入战斗，击毁敌机，注意不要接近敌机，只用远程武器。

但是很快收到了 J20 的回复，无法使用远程武器，敌人几乎是完全隐身的，在所有雷达波段上都不反射。J20 的 PL13 导弹完全没有用武之地。

指挥部立即命令 J20 返回基地换装火箭弹巢，与其他战机一同起飞迎敌。

一架接一架的 J20、J10 战机从好几个机场呼啸着起飞，直奔天眼而去。无法用雷达锁定敌机的情况下，唯一能采用的攻击手段只剩下了近距离格斗，主站武器是火箭弹和机炮。

配备了被动雷达系统的地对空导弹部队也已经启程，火速赶往战场。

20 分钟后，首批抵达的 50 架战斗机已经投入了战斗。

在距离天眼 10 到 20 千米的上空，几十架银灰色的战斗机和纯黑色的"可乐罐"纠缠在一起，发出巨大的轰鸣声。

战斗机的机炮和火箭弹在天上构成了密集的火力交叉网，尤其是火箭弹夺目耀眼的光芒几乎布满了一小块天空。

但是在这些火网中，仍然可以清晰地看到 16 点蓝色的光芒，它的穿透力和亮度无可匹敌，这 16 个蓝色的光点像 16 根死神的绣花针，刺破蓝天中交织的火网。

人类战斗机的火箭弹和机炮对"可乐罐"构不成任何威胁，它们迎着火力直冲向战斗机，把自己当作武器，直接撞毁战机，竟然毫发无伤。

在不到 5 分钟的时间内，人类的 50 架战机全部被撞毁，仅有一半的飞行员弹出逃生。

面对这种战况，指挥部不得不叫停了后续起飞的战机，命令暂不进攻。"猎犬"小组的专家分析，组成新蛋 1 号和"可乐罐"的材料很可能是人类尚不知晓的一种"强核力"材料。

人类所能制造的所有材料都是靠分子间的电磁力结合在一起的，除了电磁力，人类已知的力还有万有引力、弱核力和强核力。其中，强核力比电磁力要强上 100 倍，也就是说构成新蛋 1 号的材料比钻石还要硬 100 倍——这差不多就是豆腐和菜刀的硬度差别。

如果专家们的分析是对的，那么"可乐罐"撞毁战斗机就好像砍瓜切菜一样易如反掌。

汪若山和方涵在听到天空中传来巨大的轰鸣声时就跑到了室外，目睹了人类的战机瞬间灰飞烟灭的过程。

汪若山此时心里非常清楚，目前最十万火急的事情就是摧毁天眼，阻止新蛋 1 号传递信息给母星。

他必须想办法尽快把这个信息传递出去。

就在汪若山了解了新蛋1号意图的同时，联合国"猎犬"小组也有专家提出了尽快摧毁天眼的意见。但此事太过重大，万一决策失误，损失不堪设想。这个意见已经形成正式的报告上报给了国家最高领导机构，在等待批复。

汪若山和方涵此时所能想到传递信息的唯一办法，仍然是方涵尝试过的：用身体组成文字。

两个人火速联络正在四处躲避的人群，说明情况。

他们很快便召来了10多个人，这次要组成的文字是：

DESTROYTYASAP

（尽快摧毁天眼）

在他们确信文字信息已经传递出去后，汪若山立即要求大家尽快疏散，离天眼的天线越远越好，而且要找地方隐蔽，躲避很快就会随之而来的大规模空袭。

汪若山传递出的信息在3分钟后就被放到了指挥部的会议桌上，这是个极其重要的情报，它印证了"猎犬"专家们的分析。

第二份有全体特派小组领导和"猎犬"成员电子签名的报告被火速发往了国家最高领导机构，很快就得到了第一发言人的亲自批复：不惜一切代价摧毁天眼。

轰炸

高层的命令已经下达，然而指挥部却面临着重大的难题：用什么方法才能把天眼炸毁？

如果用轰炸机去执行任务，显然是去送死，在 16 个"可乐罐"的保护下，再多的轰炸机都很难接近目标上空。

以天眼为中心的 10 千米半径内的全频段阻塞还在继续，这就意味着所有以雷达制导的导弹都无法将目标设定为天眼。

最理想的武器是地面火炮，首推有效射程 200 千米的 WS-3 火箭炮系统，每分钟打出几万发炮弹不成问题，但要把最近的火炮部队调集到有效射程内至少还需要 30 分钟的时间，加上攻击前定位、装弹、试射等各项准备工作，再算上火箭弹的飞行时间，2 小时之内很难发起有效进攻。这个时间太长了。

唯一可行的似乎只有地面弹道导弹部队，他们可以直接用经纬度作为打击目标，但是"可乐罐"既然能攻击战斗机，也一样能拦截导弹，因此同时发射的导弹数量如果不够多，那么必将被尽数拦截。

要想成功命中天眼，必须让数百枚导弹几乎同时到达目标，只要有一枚导弹突破了"可乐罐"的保护圈，那么就足以摧毁天眼。

但是对于这个方案，指挥部非常犹豫，原因不在于中国是不是有这个发射能力。

现在全世界的间谍卫星都对准了中国，导弹一发射，那么中国的导弹发射基地必然悉数暴露，这会对中国未来的国防安全构成潜在的巨大威胁。

根据已经获得的战场信息，"猎犬"小组的专家此时也计算出：要想确保天眼被摧毁，必须在 1 分钟之内打出 126 枚以上的导弹。

形势已经刻不容缓了，新蛋 1 号每一秒钟都有可能突破天眼的防火墙。

指挥部的所有成员在经过 5 分钟的短暂沉默后，终于下定了决心，此时，国家利益必须让位于全人类的利益。

导弹攻击的坐标信息被迅速地分发给了以天眼为中心、半径 1000 千米内的全部 50 多个导弹基地。战场指挥系统在高速地运转，为了确保不同地方发射的导弹能在同一时间抵达目标，必须做出精密的计算和安排。

导弹基地的全体官兵立刻进入战争状态，他们将导弹发射的动作流程演练了成千上万遍，刚一接到命令便条件反射般地投入到了高速运动中，几十名操作官兵就像一架配合得天衣无缝的精密机器。

仅仅 7 分钟后，离天眼最远的一个导弹基地的 2 枚弹道导弹在巨大的轰鸣声中同时冲上云霄，它们将在 28 分钟后抵达目标。

在此后的 15 分钟内，140 多枚弹道导弹在不同的导弹基地发射升空，它们都将在同一时间抵达目标，这已经达到了中国导弹部队的极限能力。

指挥部在下达导弹攻击命令的同时，也命令所有能在30 分钟内到达天眼上空的战斗机升空，有对地攻击能力的战机不惜一切代价摧毁天眼，没有对地作战能力的战机尽可能去吸引"可乐罐"的注意力。

一架架战斗机从周围的四个军用机场升空，主力为 J7 型战机。此时此刻，战机的性能已经无关紧要，重要的是数量。在强大的外星文明面前，J7 和 J15 并没有任何区别，都是菜刀下的豆腐。

方涵和汪若山心里很清楚他们所在的区域将面临怎样的高强度轰炸，他们必须赶在大轰炸到来之前通知到所有人，让大家尽可能远离天眼，并找到合适的掩体躲避。

天眼四周都是崇山峻岭，想要找到一个掩体倒并不难。

四条"黑蛇"中的一条去了主控室，另外三条仍然把守在出山的唯一道路上，在"黑蛇"把守的不远处，斯蒂文仍然躺在地上不省人事。还有一些人三三两两聚集在四周观望。

汪若山和方涵把信息带给了所有能找到的人，斯蒂文也被人们抬到了山中隐蔽。

总攻

时间在一分一秒地过去，天眼主控室的电脑显示屏上变幻着各种数据，6 道密钥已经被破解了 5 道，新蛋 1 号离目标成功仅仅一步之遥。

在指挥部的大屏幕上，一个醒目的倒计时在跳动，这是距离导弹打击的剩余时间，此时已经只剩下最后一分钟了。

修长的弹道导弹拖着长长的尾迹，从天眼的四面八方呼啸着飞来。总共 146 枚导弹此时几乎组成了一个同心圆分布，它们将在 30 秒的误差之内同时抵达目标。

就在此时，16 个"可乐罐"突然发出了巨大的轰鸣声，那声音大得几乎可以把人的耳膜震破，所有人都捂住了耳朵。每个"可乐罐"的引擎发出的蓝色光芒亮度陡然间增加了数倍，紧接着分成 16 个方向以不可思议的高速冲了出去。

巨大而密集的爆炸声就如同滚地雷一般地响了起来。天眼上空的图像通过卫星传到了指挥部的大屏幕上。只见天眼上空出现了一个巨大的火圈，火圈的中间穿插着蓝色的光芒。不过这个火圈正在一点点地缩小，火圈的圆心正是天眼那巨大的抛物面天线。

"猎犬"小组的专家非常紧张，他们显然没有预计到"可乐罐"的机动性能比之前突然增加了好几倍，原以为足够的导弹数量现在看起来已经十分紧张。

就在此时，大批的 J7 战斗机也抵达了火圈的外围，距离天眼的天线只有不到 40 千米了，哪怕只有一架战斗机突入到天眼的上空，也足以摧毁天眼的天线和主控室。

指挥部中所有人都紧张地望着大屏幕的实时卫星影像，此时，他们除了祈祷之外，也别无他法了，只能靠战斗机飞行员的勇气和牺牲精神了。

滚地雷般的爆炸声没有削弱，反而更强了，此时的火圈已经缩小到了 20 千米半径，整个天空都被巨大的火光和爆炸染成了红黑色。

敌人此时显然已经拼尽了全力，但是仍然阻止不了火圈的继续缩小。

突然，一直位于天眼天线正中心的"液滴"发出了强烈的光芒，在引擎声的啸叫中升空了，它刚一升空就分裂成四个"可乐罐"，以闪电般的速度投入到了战场中。

敌人的数量一下子增加了 4 个单位，火圈缩小的势头被遏制住了。

前线指挥员刘文龙此时突然意识到全频段阻塞消失了，他知道敌人正在拼尽全力，为了阻止导弹和战机，不得不动用最后一颗"液滴"而放弃了全频段阻塞。

一瞬间，所有依赖雷达工作的设备和仪器都恢复了运转。

前线指挥员刘文龙立即将这个情况报告给了指挥部和猎犬小组。指挥部指示立即找到汪若山博士，确认天眼目前的状态。

刘文龙立即拨打了汪若山的手机。

刘文龙喊道："喂，汪博士，你现在情况怎样？"

汪若山回答："我们正在山中隐蔽。"

刘文龙说："指挥部急需知道天眼目前的状态。"

汪若山说："明白了，现在全频道阻塞已经解除，我只要跑到有 WiFi 信号的地方，就可以用手机登录天眼的工作网络，查看天眼的实时状态。"

刘文龙说："教授，一秒钟都不要耽搁。"

刘文龙心里非常清楚目前的状况，汪若山如果走到空旷的地方就随时有生命危险，但是在这种时候，个人的安危要为人类的命运让步。就在刘文龙的头顶上空，每分钟都有战斗机飞行员在牺牲。

146 枚导弹被新蛋 1 号顽强地抵挡住了，全部被"可乐罐"摧毁，此时只剩下源源不断的战机如同飞蛾扑火一般冲上去。

"猎犬"小组的专家此时也注意到了"可乐罐"的动力在下降，它们似乎遭遇到了能源不足的问题。20 个"可乐罐"已经把自己的防御圈缩小到了约 5 千米半径，它们对于在此防御圈之外的战机，一概不予理睬。

此时雷达制导的导弹系统已经可以工作，指挥部命令战斗机把所有的机载导弹全部打向天眼，现在必须保持高密度的火力牵制，绝不能让新蛋 1 号重新实施全频段阻塞。

一时间，几十架战斗机同时打出了上百发对地导弹。

20 个"可乐罐"高速绕圈飞行，发出巨大蓝色亮光的引擎尾迹组成了一个蓝色的保护罩，导弹打在这个罩子上迸发出一朵朵火花。

汪若山已经来到了公路上，手机连上了 WiFi，登录了天眼的工作网络，他很快就调出了天眼的实时状态窗口。

"不好！最后一道密钥已经被新蛋 1 号突破，天眼已经全部准备就绪，随时都可以发射信息了！"

汪若山火速将这个情况通知了刘文龙，刘文龙立即上报给了指挥部。

现在已经到了最后关头了，如果让新蛋 1 号把信息传递给母星，后果不堪设想，绝不能有任何犹豫，必须不惜一切代价摧毁天眼。

轰炸天眼战斗场景

指挥部 1 号首长拿过了步话机，对着所有战机飞行员下达命令："同志们！你们代表的是全人类，你们现在维护的是全人类的生命安全。不惜一切代价摧毁天眼，把所有能发射的导弹全部打出去，用你们的战机做最后一枚导弹！有弹射逃生的机会不要错过，珍惜自己的生命！行动吧！"

"收到！"

"明白！"

"让孩子们记住我的名字！"

"我知道该怎么做！"

……

无数的声音从步话机中传回来，1 号首长表情坚定，牙关紧咬。

所有的战机都把引擎开到了最大功率，调整方向，朝着天眼直冲过去。

与此同时，令人震惊的一幕发生了。

20 个"可乐罐"突然拖着带有蓝色光芒的尾迹，垂直地朝天上飞了上去，在上升飞行的过程中合为一个整体。

新蛋 1 号的这个行动来得十分突然，有几架战机已经来不及拉升，随着几枚导弹一头冲向了天眼的天线，幸好飞行员在关键时刻弹射了出来。

巨大的爆炸声响起，天眼被火球笼罩。

其余的战机都及时拉起了机头，四散飞去。

新蛋 1 号已经升高到了近地轨道的高度，核聚变引擎的蓝色光芒已经变成了天空中的一个小小的亮点，它仍然在朝着太空飞去。

尾声

汪若山拿着手机站在公路上怔怔地一句话也说不出来，眼睛紧盯着天眼的方向，那里已经被完全摧毁。

方涵和其他一些人正朝着汪若山跑过来，方涵大声喊道："老板，我们成功了吗？"

汪若山苦笑了一下，说："就差一点点，我们功亏一篑，天眼在被摧毁前已经工作了 10 秒，这 10 秒足够发射地球的坐标信息给 EPE-3500 了。"

方涵和众人沉默。

汪若山继续说："但不管怎样，人类还有 400 多年的时间备战，星球大战真的开始了。"

此役，中国空军损失战机 106 架，牺牲 67 名战斗机飞行员和 8 名直升机飞行员。

留在地面上的四条"黑蛇"全部自毁，据目击者看到在天眼被击中的同时，守在公路上的"黑蛇"也突然发出强烈的光芒，瞬间汽化，想必是每条"黑蛇"的内部均有微型核聚变反应堆，可以产生上亿度的高温，汽化一切物质。

新蛋 1 号的去向是一个谜，人类在新蛋 1 号距离地球 10 万千米左右的时候就跟丢了它，因为它关闭了核聚变引擎。

人们普遍猜测新蛋 1 号隐藏到了地日系统的第三拉格朗日点，对于地球来说，它始终处在太阳的背面，以人类目前的技术，还无法侦测到它的踪迹。

　　至于新蛋 1 号为什么要突然离开地球，"猎犬"小组给联合国的报告是这样认为的：

　　从天眼之战的战场信息分析来看，新蛋 1 号的核聚变燃料已经出现了明显的短缺迹象。它选择飞离地球的原因是因为完成了使命，没有必要再继续留在地球上。更重要的是，它绝不能被地球人所捕获，即使不能逃离地球，也一定会自毁。因为新蛋 1 号所包含的技术信息很可能会成为地球文明发生技术飞跃的导火索。"蓝星"战舰要飞抵地球至少还需要 400 多年的时间，在这个时间内，地球文明的技术是否会产生爆炸式的发展，从而一举超过"蓝星"文明，这一点它们是没有把握的。

　　汪若山和方涵均被征召进入新成立的联合国行星防御理事会，该机构成为了未来地球联合军指挥部的前身。

环球快车谋杀案

凌晨五点，爱因斯坦卧室

　　一阵急促的电话铃声惊醒了熟睡中的爱因斯坦，爱因斯坦从被窝中伸出一只手，拿起了电话："喂，什么事？"

　　电话传来声音："警长，环球快车上发生枪击案，一死一伤，嫌犯受伤，请您速来现场！"

　　"我马上就到。"

　　爱因斯坦警长从床上蹦起来，穿衣出门。

　　天蒙蒙亮，环球快车伯尔尼站，一列银白色的外形酷似鱼雷的火车停在站台上，车身上刷着一行标语：环球快车，一小时环球旅行。

　　现在，车站四周拉起了警戒线。

环球快车伯尔尼站

环球快车车身标语

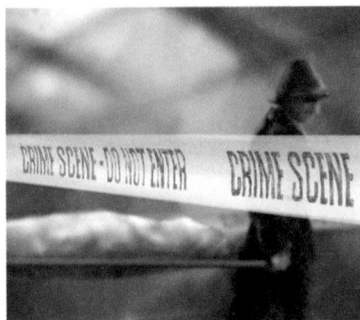

车站的警戒线

一个探员上前迎接爱因斯坦，他一边陪同爱因斯坦朝火车走去，一边介绍案情。

探员："警长，我们30分钟前接到一位女士的报案，声称环球快车上发生枪击案。我们赶到现场的时候，发现两名男子分别倒在车厢的两头，其中一人头部中弹，当场死亡，另外一人只是手臂中枪，没有生命危险，目前正在列车上的医务室休息。他拒绝回答我们的问题，说一定要见到我们的上司才肯开口。案发当时除了这三人，该车厢没有其他人。"

爱因斯坦问："那个报案的女士呢？"

探员："报案的女士叫艾尔莎，是一位年轻的姑娘，我们赶到现场时她正在给受伤男子包扎手臂。她声称枪击双方都是自己的朋友，其他的就不肯说了，也是要等您到了才肯开口。"

发生枪击案的列车车厢中，三四名探员正在仔细勘察现场。

爱因斯坦看到死亡男子已经被抬离了现场，在他倒地的地方用白

180

粉笔勾勒的白色人形

粉笔勾勒的白色脚印

色的粉笔勾勒出了一个人形，在车厢的另一头也用粉笔勾出了一对白色的脚印，根据位置可以想象出案发当时受伤男子坐在地板上，背靠着车厢壁。

爱因斯坦看到在列车中间的过道上，有一盏自制的电灯还在亮着，这盏灯跟普通的电灯没有什么两样，只是上面似乎多加了一个自动延时装置。

探员："警长，这盏灯我们刚才已经试过了，在打开开关后，它会延迟五分钟再亮，不知道有什么用意。"

爱因斯坦哼了一声，说："这个世界上，任何一个有智力的笨蛋，都可以把事情搞得更大，更复杂，也更激烈。走吧，我们去医务室。"

列车医务室，美丽的艾尔莎坐在椅子上，表情忧郁。她边上坐着一位英俊的年轻男子，上臂靠肩的位置包扎着纱布，隐隐有血迹渗出来，表情非常镇定。

爱因斯坦在他们对面的椅子上坐下来，对着年轻男子说："我

列车过道上的自制电灯

自制电灯上的延时装置

是爱因斯坦警长。"

男子："我是泡利。"

爱因斯坦："中枪身亡的男子你认识吗？"

泡利："认识，他叫狄拉克，我们是情敌。"

爱因斯坦转头看着艾尔莎，投以询问的目光。

艾尔莎悲伤地说："是的。可惜我晚来了一步。"

爱因斯坦："泡利，这么说，你和狄拉克先生是为了这位小姐在决斗吗？"

泡利："是的，警长，我们在决斗，为了神圣的爱情。"

爱因斯坦问艾尔莎："泡利先生和狄拉克先生同时爱上你，是这样吗？他们之前有提到过决斗这回事吗？"

艾尔莎哭泣了起来："他们总是在我面前争吵，逼我从他们中选择一个，可是我实在不知道该选哪一个。昨天晚上，我看到他们俩留给我的一封信，说要在环球快车上决斗，让我嫁给胜利的一方。信上有他们的亲笔签名，我看到信以后立即往车站赶，终于在开车前一分钟登上了火车，但我不知道他们在哪节车厢，等我找到他们的时候，一切都已经晚了。"

爱因斯坦："泡利先生，根据决斗法案，如果你能提供证据，证明你们俩之间的决斗是完全公平和自愿的，你将无罪。"

列车医务室的病床

泡利从上衣口袋中拿出了一份文件，递给爱因斯坦，说："这份文件是我们俩商定的决斗规则，有我们的亲笔签名，请过目。"

爱因斯坦接过文件，阅读起来。

泡利继续说："我们的决斗规则是这样的——我和狄拉克分别站在车厢的两头，在我们的正中间放一盏灯，这盏灯在按下开关后，会延迟 5 分钟亮起。我们约定，当我们看到灯亮起的一刹那，就可以互相开枪射击。我们站立的位置有脚印，可以证明我们距离灯的位置完全相同。"

爱因斯坦看完文件，想了一下，说："光速是恒定的，这个规则看起来的确公平，但是必须要有证据证明你确实是在看到灯亮起后才

开的枪，否则，你将被以一级谋杀罪指控。"

泡利："这很容易，我们之所以选择在环球快车上决斗，就是因为环球快车上每节车厢都有全世界最先进的高速影像记录仪，只要调出记录仪的画面记录，就可以证明我是在看到灯亮以后才开的枪。"

一位探员在边上说："警长，灯的位置我们已经仔细测量过，确实如泡利先生所说，离他们脚印位置的距离完全相等。"

爱因斯坦："那我们现在就一起去列车的影像记录仪室，我们要当场查证。"

影像记录室一位工作人员正在屏幕前调阅影像，他一边操作仪器，一边对众人说："这台仪器是目前全世界最先进的影像记录仪，理论

决斗场景

列车影像记录仪室

上它可以无限放慢画面，甚至连光的运动都能看得一清二楚……找到了！这个时点记录的画面就应该是案发当时的影像，警长你可以操作这个旋钮来前进或者后退画面。"

画面中泡利和狄拉克两人正站在车厢的两头，手都放在腰间的枪

画面操控旋钮

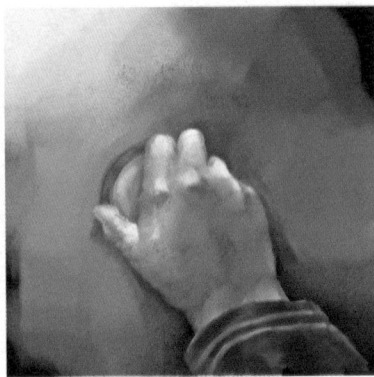
爱因斯坦转动旋钮

套上，屏幕右下角显示：Time：4:15:20:345:667

爱因斯坦轻轻地转动旋钮，屏幕右下角的数字跳动着。

只见车厢中间灯泡上的灯丝慢慢地变红，然后渐渐地由红变黄，然后又由黄转白，接着整个灯丝突然被一个黄白色的光球包裹了起来。

灯丝由红转黄后再变为白色

爱因斯坦知道此时灯亮了，他继续转动旋钮。

黄白色的光球迅速扩大，就像一个膨胀的气球。

爱因斯坦小心翼翼地转动着旋钮。

光球迅速膨胀开，一下子就把整个车厢都包裹进去了，整个车厢已经被照亮。

所有人都看得很清楚，光球同时到达泡利和狄拉克所在的位置，在那一瞬间，双方的手都没有动。

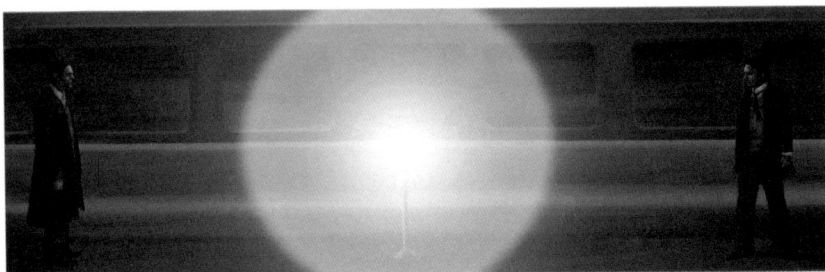
灯泡外的光球膨胀变大

灯泡外的光球同时到达决斗双方

　　屏幕右下角的数字在跳动，但是整个画面就跟被定格了一样，等了很久，双方都没有动。

　　爱因斯坦："怎么回事？"

　　工作人员："请快进，警长！"

　　爱因斯坦一拍脑门："是的，我怎么忘记了，人的反应在光速面前是多么微不足道。"

　　屏幕右下角的数字快速跳动起来。

　　终于，人们看到了两人几乎同时拔枪的画面，但泡利的动作稍稍快了一点点，两束火光从两把枪口冒出来，接着，两人都倒地了。

　　爱因斯坦按下停止键："看来，事情都清楚了，泡利和狄拉克先生自愿决斗，决斗规则公平合理，双方也都遵守了规则，这样的话，泡利先生应该是无罪的。但我不是法官，我会把我的意见在法庭上陈述，在此之前，泡利先生必须被限制行动自由。泡利先生，虽然在法律上你无罪，但余生你将受到内心的惩罚。"

　　爱因斯坦松了一口气，点上一支烟，吐了一口烟雾，小声说："在上帝和爱情面前，我们都一样聪明——也都一样愚蠢。"

拔枪瞬间的狄拉克

拔枪瞬间的泡利

开枪射击的瞬间

说完走出列车，准备收工回家。

突然，他听到背后有人大声喊道："警长，等一等。"

一个头戴礼帽的中年绅士急匆匆地从远处跑来。

中年绅士还没站定便大声说道："警长先生，我是狄拉克的哥哥，我叫玻尔，请您别被无耻的杀人犯蒙骗了，我有证据证明这是泡利精心设计的一场谋杀。"

爱因斯坦："您有什么证据？"

玻尔："请跟我来，警长，我有证据显示给您看。"

爱因斯坦："我们去哪里？"

玻尔："我的职业是环球快车的监控员，我得知弟弟出事的消息后，立即赶到了车站。哦上帝，我真难以相信我的眼睛，我可怜的弟弟就这么轻易地被夺去了年轻的生命。泡利说这是一场公平的决斗，我刚开始也误信了，因为我也调阅了车厢里影像记录仪的画面，看到了当时的那一幕。从车厢记录仪的画面上来看，他们确实同时看到了灯光，并且都是在看到灯光之后才开的枪。但是我总有一种直觉，事情没有这么简单。我查找了枪案发生的那个时点，环球快车恰巧通过巴黎站，于是我就去调阅了巴黎站站台上的的影像记录仪画面，那个站台也安装了这种最先进的影像记录仪。于是，我看到了完全不同的一幕。"

在环球快车巴黎站的监控室中，玻尔熟练地操作着各种仪器，很快，画面被定格在了环球快车通过巴黎站的影像上，站台上的影像记

环球快车通过巴黎站

录仪非常灵敏，从列车的窗户中可以清晰地看到车厢内的影像。

玻尔一边操作一边解释说："警长，您看，泡利的位置在车尾方向，狄拉克的位置在车头方向。看，灯光亮起来了，警长，请注意，此时环球快车正以3万千米的时速行驶着。

"你看，当黄白色的光球扩散开的时候，泡利是迎着光球的方向运动，而狄拉克刚好相反，他正朝着光球前进的方向运动。警长，我

环球快车通过巴黎站的影像

高速行驶中的环球快车

巴黎站监控室影像的光球扩散瞬间

影像中观测到的决斗双方运动状态

现在定格在这个位置，你看，在泡利与光球相遇的这个时点，光球还没有追上狄拉克。

"也就是说，泡利先看到了灯亮起，并不是像他所说的两人同时看到了灯亮起。他是个无耻的杀人犯，他必须为我弟弟的死亡负责，他欺骗了我们，警长！"

爱因斯坦看着影像记录仪中的画面，脑中一片空白，他感到有一个想法重重地击中了自己的大脑："难道，所谓现实只不过是个错觉，而这个错觉又如此真实！我需要放弃旧有的常识，用最有价值的直觉，思考，思考，再思考，让我在混乱之中发现单纯的真相！"

灯光先到达泡利所处位置

　　短暂的眩晕之后，爱因斯坦恢复了神志，他把整个事件在脑子里一遍又一遍地回放，努力思考着："列车上仪器记录的画面是真实的，没有造假；站台上仪器记录的也是真实的画面，没有造假。从列车的角度来看，他们俩确实同时看到了灯光，这不难理解。因为在列车上看，灯泡发出的光球到达车头与车尾的距离相等，且光球射向两端的速度都为光速 c，所以光球同时与两人相遇。但从站台上来看，泡利却先于狄拉克看到灯光。这一切都是因为光速与光源的运动无关，也

194

就是光速不变造成的。"

突然之间，爱因斯坦彻底想明白了，他激动地大声说道："从这件事情上来说，时间也是相对的，对于列车上的人和站台上的人来说，没有真正的同时，任何所谓同时发生的事情，都只能是对同一个参考系中的人才成立。这就是真相！"

玻尔："警长，站台仪器记录的画面是确凿无疑的证据，泡利的决斗规则是不公平的，对泡利有利！他应该被指控一级谋杀罪。"

爱因斯坦："世界永恒的奥秘在于其可理解性。在案发的时候，泡利、狄拉克两人以及车厢内的监控系统是处在同一个参考系中的，他们两人是同时看到光线，并做出反应的。而巴黎站的监控设备则使用了另外一个参考系，不能用以判定他俩是否同时看到灯亮。"

玻尔仍然不甘心："这不科学！监控内容上的时间都是一样的！是全球统一的时间啊！"

爱因斯坦："不！真正的科学是，每一个参考系都有自己的特殊时间，如果不指明参考系，宣称一件事情同时发生是没有任何意义的。世界上没有绝对相同的时间！这，就是时间的相对性。"

玻尔怔了一会儿，嚎啕大哭起来："狄拉克！你这个笨蛋！白白地丧了命……"

爱因斯坦看着玻尔，叹了一口气，安慰道："玻尔先生，案子最终还是需要交由法官来审判，您提供的证据很重要。说实话，宇宙令我感到惊奇，但比这更加令我惊奇的是，宇宙的规律竟然是可以被人类理解的。"

说完，爱因斯坦突然转头看着艾尔莎，说道："艾尔莎小姐，我唯一能肯定的是，世上没有爱情相对论，爱是独立的个体与个体之间所产生的独一无二的、不可替代的情感。"

艾尔莎吃惊地看着警长，疑惑地问："您的意思是，我其实并不爱他们中的任何一个？"

爱因斯坦没有回答艾尔莎，他转身离去，用只有他自己才能听到的声音说：

"有两种东西是无限的，宇宙和人的愚蠢。"

<u>生死重量</u>

"警长，警长，快醒醒！"

坐在沙发上打瞌睡的爱因斯坦警长睁开眼睛，看见很多探员围在他的周围。

"出什么事了？"爱因斯坦问。

探员罗森："出大事了，在云霄电梯里发现一枚定时炸弹，拆弹组已经赶去，目前尚不知是何人所为，有何目的。"

"距离爆炸还剩多少时间？"

"不到 24 小时。"

"我们走！"爱因斯坦猛地坐起来，抓起桌上的礼帽，头也不回地走了出去。

一座酷似艾菲尔铁塔的建筑物耸立在眼前，唯一不同的是这座建筑物一眼望不到顶，人们只能看到它直入云霄的塔身。塔基处挂着一行大字：云霄电梯，让你重新发现世界。

罗森说道："这是本月刚刚落成的全世界最高的观光电梯，高度达到 2 万米，电梯往返一趟最短仅需 30 分钟，可以同时容纳 100 人左右。我前两天曾经上去过一次，真是让人震撼。天气好的时候，感觉可以把整个欧洲尽收眼底，天气不好的时候，可以看到一望无际的云海包围着大地，云海里面透出阵阵闪电，如入仙境。"

两人穿过警戒线。

罗森继续说："据初步判断，炸弹威力可能极大，方圆 1 千米内已经开始疏散。"

爱因斯坦："炸弹是怎么被发现的？"

罗森："今天早上维修工人对电梯做运行前的例行检查时，在电梯的底部发现了这颗炸弹，它吸附在电梯的底盘上，上面有一个倒计时显示器，显示为'23:20:32'，他们当即报了警。"

爱因斯坦："你们初步估计是何人所为？目的是什么？"

罗森："我们的初步判断是某个极端环保组织所为。环保组织一直反对云霄电梯这个工程浩大的项目，但目前尚未有任何组织或个人声称对此事件负责。"

说着，两人走到电梯跟前，通过一个楼梯下去，进入一个检修通道。在这里，抬头就能看见那颗炸弹，炸弹边上站着两个专家。其中一位正拿着一种仪器仔细检查，另一位在拍照。

爱因斯坦抬头朝炸弹看过去，首先映入眼帘的就是那个异常显眼的倒计时屏：

22:35:48

计时屏非常有节奏地一秒钟跳动一下。

炸弹比普通人的手掌大不了多少，呈银白色的椭圆形，非常光亮，连人影都能照得出。爱因斯坦问其中一位正在用仪器扫描的专家："我是爱因斯坦警长，有什么新发现吗？"

那人回答："你好，警长，我叫普朗克，国土安全局的首席爆破专家。这枚炸弹很复杂，是高手制作的。"

爱因斯坦："爆炸威力能准确地预计吗？"

普朗克："这枚炸弹用的是目前威力最大的 C4 炸药，虽然我现在还不能准确算出杀伤半径，但要把整座电梯塔炸塌是肯定没问题的。"

爱因斯坦："有可能拆除吗？"

普朗克："没有把握，这个炸弹用的防拆装置是一个精密的重力感应器，只要感应到重力的变化超过一个阈值，炸弹就会立即爆炸。炸弹是用一种特殊的胶水粘在底盘上的，如果我们想要把它和底盘分离，就必须切割，切割过程引起的震动肯定会让重力感应器超过阈值。"

爱因斯坦："那能不能把整个电梯厢拆下来，搬离现场？"

普朗克："我刚刚咨询过电梯制造商，要想拆除这种电梯厢，最快也需要花费 48 小时，时间肯定来不及，而且也不能保证在拆除的过程中所引起的震动在安全范围内。"

爱因斯坦："看来，我们遇到麻烦了。"

两小时后，国土安全局总部大楼。

会议室里面坐满了人，每个人都表情严肃，一言不发。国土安全局的开尔文局长居中而坐，爱因斯坦坐在他的旁边。

开尔文环顾了一下全场，说道："今天召集大家过来，是因为我们正面临一场严重的危机，需要各方拿出解决办法来。我们请负责这个案件的爱因斯坦警长做一个情况简报。"

爱因斯坦立刻站了起来："各位，事情是这样的，今天早上我们在云霄电梯的底盘上发现一枚威力超强的定时炸弹，它一旦爆炸，不但会波及 1 千米范围内的所有建筑物，更严重的是，爆炸威力足以把云霄电梯炸塌。这么一个庞然大物如果倒塌，后果不用我多解释，这绝对是一场大灾难。而现在离爆炸还有……"爱因斯坦看了看表，"还有 20 小时。关于炸弹的情况，我们请安全局的首席爆破专家普朗克先生介绍一下。"

普朗克："这枚炸弹里面安装了一个非常精密的重力感应装置，只要感应到重力稍有变化，就会立即爆炸。目前我们还在想办法拆除它，但是情况不容乐观，我们必须做好无法在爆炸前拆除的准备。"

开尔文："情况大家都了解了，请大家各抒己见，拿出办法来。"

消防局长："我的意见是，让电梯开上去，万一拆不掉，就直接让它在顶上炸了，这样受损的范围有限。"

爱因斯坦在心里暗骂一声"白痴"，对消防局长说："这是不行的，电梯离地面越高，重力就越小，您不会连牛顿的万有引力定律都不知道吧？在上升的过程中，重力感应器就会感应到重力的变化，炸弹会立即爆炸。"

消防局长脸一红，哑口无言了。

建设局长："那么，我们是不是可以在电梯上升的过程中慢慢地加重炸弹的重量，比如，把磁铁一小块一小块地吸附上去。"

爱因斯坦："没用，注意，重力感应器感应的是自身重力的变化，并不是整个炸弹的重力，往炸弹上加东西，根本不会改变重力感应器自身感受到的重力。"

普朗克："我补充一下，其实，根本不用等到电梯升到半空，只要电梯一启动，炸弹就爆炸了，因为电梯启动的时候必然会产生一个加速度，这个加速度会让重力感应器感受到一个如同重力增加的力。坐过电梯的人都知道，当电梯刚往上升的时候，我们会感觉自己变重了，就是这个道理。"

原本安静的会议室现在开始出现了一些骚动，大家纷纷交头接耳，但一时谁也拿不出好主意。

爱因斯坦低着头在沉思，突然他抬起头来，脸上闪过一丝喜色，接着站起来大声说："大家安静，请听我说，我想到一个办法。"

会场立刻安静下来。

爱因斯坦："刚才普朗克先生启发了我，电梯的加速度会产生如同重力的效应，而电梯升得越高，则重力越小。请大家想一想，如果我们能精确地控制电梯的加速度，则刚好可以把重力降低的效应完全抵消，这样我们就能把电梯安全地升到顶端，然后引爆炸弹，最后就可以保住整座云霄电梯塔了。"

开尔文："爱因斯坦警长的这个方案从理论上来说可行，不过，请云霄电梯的制造商方面出来回答下，是否有可能精确控制电梯的加速度。"

一个脸型消瘦戴着眼镜的中年人站了起来说："我是云霄电梯公司的总工程师爱丁顿。从理论上来说，云霄电梯具备提供任意加速度的能力，但控制系统需要加一个控制模块，当初设计的时候没有考虑到需要如此精细的控制。"

开尔文说："制造这个控制模块需要多久？"

爱丁顿看了看手表，想了一下说："如果现在马上动手的话，应该能赶在爆炸前半小时左右完成，时间还来得及，不过……"

爱丁顿迟疑了一下。

开尔文："有话就直说，爱丁顿先生。"

爱丁顿："因为考虑到摩擦力和空气阻力的变化，电动机必须要不停地调节输出功率。但在这么短的时间内，恐怕无法做出自动控制模块，必须……必须手动控制。也就是说，必须要有一个人在电梯内手动微调参数，直到电梯升顶。不知道我是否说明白了，开尔文先生。"

开尔文瞬间就明白了爱丁顿的意思，不愧是久经沙场的老将，开尔文冷静地说道："请你立即动手去制作控制模块，剩下的事情交给我们，谢谢你，爱丁顿先生。"

爱丁顿说了声是，立即三步并作两步离开了会场。

此时，整个会场鸦雀无声，所有人其实都明白了爱丁顿的意思。

开尔文环视了一周，镇定地说："我想大家应该已经明白了，电梯只能在加速状态下才能维持重力不变，一旦升顶后开始减速，就会立即引爆炸弹。"

会场安静得可以听见一根针落地的声音。

"我已经一把老骨头了，对这个世界也没有什么留恋了，"开尔文一字一顿，"让我对这个国家的国土安全再尽最后一次责任吧。"

安静，死一般的安静。

开尔文缓缓地站起来，稳稳地一步一步走出门外。

云霄电梯检修通道。

倒计时血红的数字显示为：00:26:23。

每跳动一下仿佛都是死神的敲门声。

云霄电梯中，爱丁顿在电梯控制面板上忙碌着，终于小心地合上面板，旋紧螺丝，面板上露出一个圆形的旋钮。爱丁顿抬起头来，脸色凝重地看着开尔文，郑重地把一个手掌大小的仪表交给开尔文。

仪表上面什么按键都没有，只显示了一行醒目的数字：9.80665。

爱丁顿："尊敬的开尔文先生，再多的语言也无法表达我此刻对您的崇敬，这是重力常数测定仪，请您注意看仪表上的数字，如果数字增大，说明电梯加速度过大，请把旋钮逆时针转动来减小输出功率。反之，请顺时针旋转来增大输出功率。请注意，数字必须维持在 9.81 和 9.79 之间。"

开尔文："相当明白了。启动电梯吧，时间不多了。"

爱丁顿庄重地朝开尔文鞠了一躬，缓缓地退出电梯。此时，电梯外所有人都注视着开尔文，就像看着一个英雄。开尔文回敬了一个注目礼，沉着地发出命令："启动电梯。"

突然，一个人影冲进了电梯，迅速地抢过了开尔文手里的仪表，并把开尔文往外一推，顺势拉下扳手。开尔文一个踉跄的同时，电梯门缓缓地合上了。

在电梯门合上的那个瞬间，大家都认出来了，那正是爱因斯坦警长。

开尔文大怒，冲着电梯喊："岂有此理，你怎敢这么做！"

爱因斯坦在电梯中对大家说："请立即启动电梯，时间已经来不及了。我已经下定决心了，电梯门我已经反锁，我再重复一遍，请启动电梯，时间来不及了。"

僵持一会之后，尽管开尔文暴跳如雷，但也无计可施，大家心里都明白，时间一分一秒地在过去，必须启动电梯了。

开尔文痛苦地看着电梯里面的爱因斯坦，知道已经不可能改变了，红着眼睛对爱丁顿吐出两个字："启动。"

电梯顶上一盏红灯变成了绿灯。

电梯无声无息地启动了，刚开始几乎看不出有任何移动，慢慢地，显示出了一点点抬升，随着时间的推移，移动越来越明显。

爱因斯坦一只手按着控制旋钮，一只手拿着重力测定仪，眼睛盯着读数，不时地调节旋钮，以维持读数的稳定。

电梯的速度越来越快。20分钟后，电梯终于要接近顶端了，爱因斯坦明白，电梯升顶前的减速会立即破坏炸弹上重力感应器的平衡，炸弹会立刻爆炸。

最后的时刻到了，爱因斯坦猛地掏出手枪，对着电梯透明的玻璃墙一阵连发。伴随着清脆的枪声，玻璃发出了碎裂声，爱因斯坦猛地一冲，直接从电梯破开的玻璃壁中跳了出去。

此时的电梯发出哐当一声，掉在地上的重力仪表上的数字急剧地变小。一片刺眼的白光亮起，炸弹爆炸了。整个电梯变成了一个巨大的火球，火焰直冲蓝天。

地面上的人看着空中的那团火球，都惊呆了，虽然脑中都想象过无数次炸弹爆炸的景象，可这一刻真的来临时，所有人还是不敢相信自己的眼睛，似乎在做梦。

"看，那是什么？"

人群中突然有一个人高声喊了起来，大家顺着他手指的方向，望了过去。

只见天空中出现了一个迅速下落的小黑点，还没等人们看清这个小黑点是什么，小黑点突然变成了一个白色的小球。人们这才反应过来，那是一副张开的降落伞。

降落伞变得越来越大，伞下面的人影也越来越清晰。终于，人们看清楚了，那正是爱因斯坦警长。

人群爆发出了一阵欢呼声，开尔文勋爵也是喜极而泣。

爱因斯坦稳稳地落在地面，面对欢呼的人群，他微笑地摆摆手。大家安静下来，好奇他会在死里逃生之后说些什么。

爱因斯坦说："女士们，先生们，在那个生死瞬间，我忽然想明白了：引力与加速度局域等效，这是揭示宇宙真相的钥匙。"

说完，爱因斯坦大步流星，头也不回地离开了还在错愕中的人们。